BOOK**SHOTS**

EL JUICIO

EL JUICIO

JAMES PATTERSON
con MAXINE PAETRO

OCEANO exprés

EL JUICIO

Título original: *The Trial*

© 2016, James Patterson

Publicado en colaboración con BookShots, un sello de
Little, Brown & Co., una división de Hachette Book Group, Inc.
El nombre y logotipo de BookShots son marcas registradas
de JBP Business, LLC.

Traducción: Sonia Verjovsky Paul

Portada: © 2016, Hachette Book Group, Inc.
Diseño de portada: Kapo Ng
Fotografía de portada: Elisabeth Ansley / Arcangel Images

D.R. © 2017, Editorial Océano de México, S.A. de C.V.
Eugenio Sue 55, Col. Polanco Chapultepec
C.P. 11560, Miguel Hidalgo, Ciudad de México
Tel. (55) 9178 5100 • info@oceano.com.mx

Primera edición: octubre, 2017

ISBN: 978-607-527-339-6

Impreso en México / *Printed in Mexico*

CAPÍTULO 1

HABÍA LLEGADO ESE PERÍODO de locura, entre el día de Acción de Gracias y la Navidad, en el que se desbordaba el trabajo, corría el tiempo y la luz entre la aurora y el anochecer no alcanzaba para terminar todo lo demás.

Aun así, El club contra el crimen, como le decimos a nuestra pandilla, siempre celebraba una cena navideña sin nuestras parejas, para cenar y beber.

Yuki Castellano había elegido el lugar.

Se llamaba La cantina del Tío Maxie y era un restaurante bar con más de ciento cincuenta años en el distrito financiero. Las paredes estaban decoradas con grabados *art déco*, espejos y un gran reloj con luz de neón que dominaba el salón desde atrás de la barra. Los comensales de Tío Maxie eran hombres de trajes elegantes y mujeres de faldas ajustadas y tacones de aguja, ataviadas con joyería fina.

Me gustaba el lugar y ahí me sentía como en casa, al estilo

Mickey Spillane. A modo de ejemplo, llevaba puestos unos pantalones de pierna recta, una gabardina azul, una Glock en la funda sobaquera y zapatos planos de agujetas. Me quedé parada en la zona del bar, girando la cabeza lentamente mientras buscaba a mis mejores amigas.

—Lindsay, hola.

Cindy Thomas me saludó con la mano desde una mesa ubicada debajo de la escalera en espiral. Le devolví el saludo y me dirigí hacia ese recoveco. Claire Washburn llevaba puesto un abrigo encima del uniforme de hospital, con un *pin* en la solapa que decía APOYEMOS A NUESTRAS TROPAS. Se lo quitó y me dio un abrazo.

También Cindy llevaba puesta la vestimenta de trabajo: pantalones de pana y un suéter grueso, con una chaqueta de marinero colgada sobre el respaldo de la silla. Estoy segura de que, de asomarme bajo la mesa, habría visto unas botas con punta de acero. Cindy era una reconocida reportera de nota roja, y llevaba puesto su atuendo de sabueso para el trabajo. Me mandó un par de besos, y Yuki se levantó para dejarme su asiento y tronarme un beso con aroma a jazmín en la mejilla. Era claro que llegaba del juzgado, donde trabajaba como abogada defensora a favor de un bono para los pobres y desamparados. Aún así, estaba vestida impecablemente, con ropa de raya diplomática y perlas.

Tomé la silla frente a Claire. Ella se sentó junto a Cindy y

Yuki, de espaldas al salón, y todas nos acomodamos alrededor de la mesita de vidrio y cromo.

Por si no lo había dicho, las cuatro conformamos una hermandad de alma, corazón y trabajo, en la que compartimos nuestros casos y visiones del sistema legal, además de nuestras vidas personales. En este momento, las chicas estaban preocupadas por mí.

Tres de nosotras —Claire, Yuki y yo— estábamos casadas, y Cindy tenía en puerta una propuesta para intercambiar anillos y votos en la catedral Grace. Hasta hace muy poco habría sido imposible ver a un grupo de cuatro mujeres más felices con sus parejas. Pero luego se fracturó mi matrimonio con Joe Molinari, el padre de mi hija y el hombre con quien compartía todo, incluyendo secretos.

Era tan buena nuestra vida que nos besábamos y hacíamos las paces antes de que terminaran nuestras peleas. Era el típico "Tienes razón", "¡No, tú la tienes!".

Luego Joe desapareció durante las que fueron las peores semanas de mi vida.

Soy detective de homicidios y sé cuando alguien me dice la verdad y cuando no cuadran las cuentas.

No cuadraban las cuentas de que Joe estuviera desaparecido. Por eso me preocupé tanto que casi entré en pánico. ¿Dónde estaba? ¿Por qué no me había contactado? ¿Por qué ya no entraban mis llamadas a su correo de voz? ¿De tan lleno que estaba? ¿Seguía vivo?

Mientras se desenmarañaban los enredados hilos del misterio, la destrucción y los asesinatos en serie, Joe finalmente apareció para la ovación final con historias sobre sus vidas pasadas y presentes que yo nunca antes había oído. Tuve bastantes razones para no volver a confiar en él.

Hasta él estaría de acuerdo, creo que cualquiera lo estaría.

No es ninguna novedad que, cuando se pierde la confianza, resulta bastante difícil volver a unir todo con maldito pegamento. Y a mí podría tomarme más tiempo y fe de la que en realidad tenía.

Yo todavía lo amaba. Comimos juntos cuando vino a ver a Julie, nuestra bebé. Esa noche no hicimos nada para empezar el proceso de divorcio, pero tampoco hicimos el amor. Ahora nuestra relación era como la Guerra Fría de la década de los ochenta entre Rusia y Estados Unidos, una paz tensa pero práctica, conocida como tregua.

Ahora, sentada con mis amigas, traté de arrancar a Joe de mi mente, con la certeza de que la nana cuidaba a Julie y que mi hogar estaba a salvo. Pedí mi bebida navideña favorita, un ron caliente a la mantequilla, y un sándwich de filete bien cocido con la salsa picante especial del tío Maxie.

Mis amigas estaban inmersas en un intercambio de opiniones criminalísticas sobre la sobrecarga de cadáveres de Claire, el nuevo caso sin resolver de Cindy, desenterrado del archivo muerto de cartas del *San Francisco Chronicle*, y el esperado veredicto favorable de Yuki para su cliente, un *dealer* menor de edad. Casi me había puesto al día cuando Yuki dijo:

—Linds, te tengo que preguntar: ¿tienes planes para Navidad con Joe?

Y entonces me salvó la campana: sonó mi celular.

Mis amigas dijeron al unísono: "¡CERO TELÉFONOS!"

Era la regla, pero la había olvidado... de nuevo.

Hurgué en mi bolsa para encontrarlo mientras decía:

—Miren, lo estoy apagando.

Pero vi que la llamada era de Rich Conklin, mi compañero y el prometido de Cindy. Ella reconoció su tono de llamada en mi celular.

—Y se acabó la fiesta —dijo, y lanzó su servilleta al aire.

—¿Linds? —preguntó Conklin.

—Rick, ¿es algo que puede esperar? Estoy en medio de...

—Se trata de Kingfisher, el Rey. Está involucrado en una balacera con la policía, en la Bóveda. Hay víctimas.

—Pero... Kingfisher *está muerto*.

—Por lo visto lo resucitaron.

CAPÍTULO 2

MI COMPAÑERO ME ESPERABA estacionado en doble fila en un coche particular afuera de La cantina de Tío Maxie, con el motor encendido y las luces intermitentes prendidas. Me subí al asiento del copiloto y Richie me pasó mi chaleco. Él es así, como una versión juvenil de un hermano mayor. Piensa en mí, me cuida, y yo trato de hacer lo mismo por él.

Me observó mientras me ponía el cinturón de seguridad, luego activó la sirena y pisó el acelerador.

Estábamos como a cinco minutos de la Bóveda, un exclusivo club nocturno en el segundo piso de un antiguo edificio del Bank of America.

—Ponme al tanto —le pedí a mi compañero.

—Llegó una llamada al 911 hace unos diez minutos —contestó Conklin mientras íbamos a toda velocidad por la calle California—. Alguien que trabaja en la cocina dijo haber reconocido a Kingfisher afuera, en el bar. Aún estaba tratando de convencer al 911 de que se trataba de una emergencia, cuando sonaron disparos dentro del club.

—¡Cuidado, a tu derecha!

Richie tiró del volante con fuerza a la izquierda para evitar a una furgoneta indecisa, luego volvió a la derecha y dio la vuelta para entrar a Sansome.

—¿Estás bien? —preguntó.

Era un hecho frecuente que a veces me mareaba si no era yo quien estaba detrás del volante durante las persecuciones erráticas a toda velocidad.

—Estoy bien. Continúa.

Mi compañero me contó que un segundo testigo declaró a los primeros oficiales en llegar que tres hombres hablaban con dos mujeres en el bar. Uno de ellos gritó: "Nadie traiciona al Rey" y se oyeron disparos. Mataron a las mujeres.

—El que llamó no dejó su nombre.

Yo me aferraba con fuerza al tablero y la puerta, y apoyaba los dos pies sobre unos frenos imaginarios, pero tenía la mente ocupada con Kingfisher. Era el capo de un cártel mexicano, un psicópata con antecedentes de brutalidad y venganza, y con una inclinación por hacer ajustes de cuentas personalmente.

Richie seguía diciendo:

—Las unidades llegaron mientras los criminales trataban de escapar por la puerta principal. Alguien vio el tatuaje en el dorso de la mano de uno de los tiradores. Hablé con Brady

—dijo Conklin, refiriéndose a nuestro teniente—. Si ese tirador es Kingfisher y sobrevive, es nuestro.

CAPÍTULO 3

YO QUERÍA QUE EL REY acabara en el corredor de la muerte por muchas razones obvias: El Rey era al negocio de las drogas y los asesinatos lo que Al-Baghdadi era al terrorismo. Pero también tenía mis motivaciones personales.

Unos meses atrás, un grupo de policías corruptos de San Francisco que pertenecían a nuestra división había desmantelado una serie de narcocasas para su propio beneficio financiero. Una narcocasa en particular produjo un soborno de cinco a siete millones en efectivo y droga. Y si lo sabían de antemano o no esos policías, el botín robado le pertenecía a Kingfisher... y quería recuperarlo.

El Rey se vengó, pero todavía le faltaba un cargamento de droga y algunos dólares.

Así que me puso en la mira.

Yo era la inspectora principal en el caso de los policías corruptos.

Según su retorcida lógica, el Rey me exigió recuperar y devolverle su propiedad personalmente. Y me aseguró que más me valía hacerlo.

Era una amenaza y una promesa pero, por supuesto, yo no podía cumplirla.

Desde ese momento en adelante tuve protección día y noche, todos los días, pero no basta con tener protección cuando tu amenaza es como un fantasma. En los expedientes teníamos fotos granulosas y videos de pésima calidad obtenidos de unas cámaras de vigilancia baratas. Teníamos la foto borrosa de un tatuaje en el dorso de su mano izquierda.

Eso era todo.

Después de su amenaza, yo no podía cruzar la calle desde mi departamento hasta mi auto sin temor a que Kingfisher me hiciera caer muerta en la calle.

Una semana después de la primera amenaza, y luego de muchas llamadas telefónicas provocadoras, éstas terminaron. Llegó un informe de la policía federal mexicana que decía que habían encontrado el cuerpo del Rey en una fosa de poca profundidad en Baja California. Al menos eso dijeron.

Entonces me pregunté si el Rey de verdad estaba muerto, si la maldita pesadilla realmente se había acabado.

Apenas estaba convenciéndome a mí misma de que mi familia y yo estábamos a salvo, y ahora, estas últimas noticias confirmaban que mi corazonada había sido certera: o la policía mexicana había mentido, o el Rey los había engañado con un doble, muerto y enterrado en la arena.

Hace apenas unos minutos, alguien que trabajaba en la cocina había identificado al Rey en la Bóveda. De ser él, ¿por qué volver a aparecer en San Francisco? ¿Por qué mostrar el rostro en un club nocturno atestado de gente? ¿Por qué dispararles a dos mujeres en ese lugar? Y la pregunta más importante: ¿podríamos atraparlo vivo y llevarlo a juicio?

Por favor, Dios, por favor.

CAPÍTULO 4

LA RADIO DE NUESTRO coche bramaba y chillaba con un tono agudo solicitando refuerzos hacia la Bóveda, en medio de la calle Walnut. Patrullas y ambulancias pasaban aullando mientras Conklin y yo nos acercábamos a la escena. Le mostré mi insignia al policía al llegar al perímetro; inmediatamente después, Rich puso el coche en reversa para meterse en un hueco, entre la bandada de vehículos policiales, para estacionarlo al otro lado de la calle, frente al bar en cuestión.

La Bóveda estaba construida de bloques de cantera. Al centro tenía dos puertas de vidrio grandes, hechas añicos, con una ventana de medio círculo sobre el marco de la puerta. Dos ventanas altas de media luna flanqueaban las puertas, con los vidrios también rotos por los balazos.

Los tiradores que estaban dentro de la Bóveda utilizaban el marco de granito como barricada, se inclinaban hacia fuera y disparaban hacia los oficiales uniformados que estaban posicionados detrás de las puertas de sus coches.

Conklin y yo bajamos de nuestro auto con las pistolas desenfundadas y nos agazapamos junto a las ruedas. La adrenalina se agitó en mi corazón hasta que éste empezó a galopar. Observé todo con ojos claros, pero mi mente se inundaba de memorias de tiroteos pasados. Me habían disparado y casi había muerto. Mis tres compañeros, habían recibido balazos, uno de ellos fatal.

Y ahora yo tenía una bebé en casa.

Una policía en el coche a mi izquierda gritó:

—*¡Dios mío!*

La pistola le salió volando de la mano, dando vueltas, y se agarró el hombro mientras caía en el asfalto. Su compañero corrió hacia ella, la arrastró hacia la parte de atrás del coche, e hizo la llamada: "Oficial caído". Justo entonces los cuerpos de élite llegaron con fuerza, con una pequeña caravana de vehículos deportivos y un vehículo blindado de transporte balístico del tamaño de un autobús. El comandante usó el megáfono para llamar a los tiradores, quienes se volvieron a escurrir tras los fuertes muros de la Bóveda.

—Todas las salidas están bloqueadas. No hay lugar hacia el cual correr ni dónde esconderse. Tiren las pistolas afuera, ahora.

La respuesta al comandante fue una metralla de fuego que silbó contra el chasis de acero. El cuerpo de élite devolvió el ataque con armas automáticas y, en la entrada, dos hombres cayeron sobre el pavimento.

Los disparos se interrumpieron, dejando un silencio que reverberaba.

El comandante usó el megáfono y llamó:

—Tú, baja la pistola y no dispararemos. Quedas advertido. Vamos a entrar.

—ESPEREN. Me rindo —dijo una voz con un raro acento—. Tengo las manos arriba, ¿lo ven?

—Sal por completo. Ven hacia mí —dijo el comandante de los cuerpos de élite.

Yo lo podía ver desde donde estaba.

El último de los tiradores era un hombre bajo, de tez morena, nariz prominente y cabello oscuro peinado hacia atrás. Mientras salía de la puerta con las manos levantadas, vi que llevaba puesto un traje de corte elegante con una camisa blanca salpicada de sangre.

Lo sujetaron dos tipos que llevaban puesto su equipo táctico, lo lanzaron con fuerza sobre el cofre de un vehículo; después lo esposaron y lo arrestaron.

El comandante de los cuerpos de élite bajó del vehículo armado. Lo reconocí, era Reg Covington, ya habíamos trabajado juntos.

Conklin y yo caminamos hacia donde estaba Reg, junto al último de los tiradores.

Covington dijo:

—Boxer, Conklin, ¿conocen a este tipo?

Levantó al tirador para que le pudiera ver bien la cara. Yo nunca conocí a Kingfisher. Comparé al sospechoso de la vida real con mi recuerdo de los videos borrosos que había visto de Jorge Sierra, alias el Rey.

—Déjame verle las manos —dije.

Era un milagro que mi voz sonara tan firme, incluso a mis propios oídos. Estaba sudando y respiraba superficialmente. Mi instinto me decía que éste era el hombre.

Covington torció las manos del prisionero para que yo pudiera ver el dorso. En la mano izquierda del sospechoso había un tatuaje de un martín pescador o *kingfisher*, el mismo que había en la foto del escueto archivo del Rey.

Le dije a nuestro prisionero:

—Señor Sierra, soy la sargento Boxer. ¿Necesita atención médica?

—Resucitación de boca a boca, puede ser.

Covington lo puso de pie de un tirón y dijo:

—Nosotros nos encargaremos de él. No te preocupes.

Se llevó al Rey hasta la camioneta de la policía que los esperaba, yo lo observaba mientras le ponían los grilletes y lo encadenaban contra la barra antes de cerrar la puerta.

Covington dio un golpe al costado de la camioneta, y ésta arrancó mientras llegaban los investigadores forenses y la furgoneta del médico legista, y el cuerpo de élite tomaba la Bóveda para despejar la escena.

CAPÍTULO 5

CONKLIN Y YO NOS acercamos a los patrulleros que hablaban con los clientes asustados de la Bóveda, que ahora se paseaban nerviosamente cerca de la calle aislada con cinta de seguridad.

Queríamos un testigo ocular que nos diera la descripción del tirador o los tiradores que habían matado a dos mujeres en el bar.

No lo conseguimos.

Uno a uno, o por parejas, respondieron nuestras preguntas sobre lo que habían visto. Todo se reducía a declaraciones como: "Yo me metí abajo de la mesa", "Estaba en el baño", "No tenía puestos los lentes", "No pude ver", "No levanté la mirada hasta que escuché los gritos y luego me fui corriendo a la parte de atrás".

Apuntamos las escasas declaraciones, tomamos nombres e información de contacto y le pedimos a cada persona que llamara si recordaba algo después. Estaba repartiendo mi tarjeta cuando llegó un patrullero y dijo:

—Sargento, este es Ryan Kelly, atiende el bar. El señor Kelly dice que vio cómo una conversación subió de tono hasta transformarse en tiroteo.

Gracias a Dios.

Ryan Kelly tenía unos veinticinco años y el cabello oscuro y parado. Tenía la piel pálida por la impresión.

Conklin dijo:

—Señor Kelly, ¿qué nos puede contar?

Kelly no vaciló.

—Había dos mujeres en el bar, bombones las dos, y se gustaban. Se tocaban las piernas, las manos. La rubia tenía veintitantos años, llevaba un ajustado vestido negro, tomaba vino gasificado. La otra era morena, de treinta y tantos años, con una estupenda figura; llevaba un vestido blanco, quizá beige, y bebía un whisky escocés en las rocas. Se acercaron tres tipos que parecían mexicanos. Iban bien vestidos, tenían entre cuarenta y cincuenta años, diría yo. La morena vio sus reflejos en el espejo detrás del bar y dio un brinco, como pensando *Ay, Dios mío,* luego presentó a la rubia como "Mi amiga Cameron".

El cantinero ya estaba inspirado y no necesitaba que lo animaran a seguir hablando. Dijo que hubo cierto intercambio de palabras entre las cinco personas, que la morena estaba nerviosa, pero que el hombre bajo de cabello peinado hacia atrás había estado muy tranquilo y bromeaba con ella.

—Como si estuviera contento de conocer a su amiga —dijo Kelly—. Me pidió que le preparara un coctel que se llama Pastinaca. Tiene cinco ingredientes que se deben verter en capas, pero yo ya no tenía licor de saúco. Había una botella nueva bajo la barra. Así que me agaché para buscarla entre un montón de envases. Luego escuché a alguien decir con voz enérgica: "Nadie se mete con el Rey", algo así. Escuché un disparo, luego otro justo después. *Un bang, bang* fuerte. Luego muchos más. Casi me da un paro cardiaco. Me comprimí contra el suelo detrás de la barra. Todos gritaban como locos. Me quedé abajo hasta que me encontró el gerente y me dijo: "Vamos, sal de aquí".

Le pregunté:

—¿No viste quién disparó?

Kelly respondió:

—No. ¿Está bien si ya me voy? Ya le conté lo mismo a tres de ustedes. Mi esposa se está volviendo loca esperándome en casa.

Tomamos los datos de contacto de Kelly y, cuando Covington nos señaló que todo estaba despejado en la Bóveda, Conklin y yo nos pusimos los guantes, pasamos junto a los muertos, entre la sangre derramada, las pistolas y los proyectiles detonados en la puerta, y entramos.

CAPÍTULO 6

YA CONOCÍA LA DISTRIBUCIÓN de la Bóveda: habían transformado la planta baja del antiguo banco en una mercería de lujo, y el acceso al club, que estaba arriba, era por medio de los elevadores que estaban al fondo de la tienda.

Conklin y yo escudriñamos la escena. Había sangrientas huellas de zapato por los pisos de mármol. A través del pasillo había ganchos de ropa y maniquíes tirados, pero nada se movía.

Cruzamos el piso con cuidado y tomamos un elevador al club, en el segundo piso; la escena del tiroteo era un desastre para cualquier investigación forense.

Las mesas y sillas habían quedado al revés, tras el apuro de los clientes por correr hacia la salida de emergencias. No había cámaras de vigilancia y el piso estaba pegajoso por las bebidas y la sangre derramadas.

Nos abrimos paso lentamente entre los objetos personales

abandonados hasta llegar a una barra larga y bruñida, donde yacían muertas dos mujeres vestidas con ropa lujosa. Una de ellas, rubia, se había desplomado sobre la barra; la otra, de cabello oscuro, había caído muerta a sus pies.

La iluminación era suave y difusa, pero aún así yo podía ver que a la rubia le habían disparado entre los ojos y que había recibido impactos en el pecho y los brazos. La mujer que estaba en el suelo tenía un balazo que atravesaba la seda blanca que cubría su pecho, y otro en el cuello.

—A las dos les dispararon a quemarropa —dijo Richie.

Levantó un bolso del piso y lo abrió, y yo hice lo mismo con un segundo bolso, una cartera de piel metalizada.

Según sus licencias de conducir, la morena era Lucille Alison Stone y la rubia se llamaba Cameron Whittaker. Tomé fotos; luego Conklin y yo caminamos con cuidado para salir por donde habíamos llegado.

Mientras nos íbamos, pasamos junto a Charlie Clapper, nuestro director de investigación forense, que entraba con su equipo.

Clapper era un exdetective de homicidios y siempre parecía como recién salido de un anuncio de Grecian 2000: pulcro, arreglado, con marcas del peine en el cabello, siempre meticuloso y jamás fanfarrón, era una de las piezas más valiosas del departamento de policía de San Francisco.

—¿Qué opinan? —nos preguntó.

—Fue una exageración —contesté—. A ambas mujeres les

dispararon a quemarropa y luego un poco más. Según los reportes, vieron a tres hombres hablando con ellas antes del tiroteo. Dos de ellos están en tus hábiles manos, hasta que los reciba Claire. Tenemos a uno vivo, a quien están fichando ahora.

—Ya se corrió la noticia: piensan que es Kingfisher.

—Puede ser. Eso espero, de verdad quisiera que sea nuestro día de suerte.

CAPÍTULO 7

ANTES DE QUE EL INSPECTOR médico se llevara los cuerpos de las mujeres, mientras los peritos forenses comenzaban el tremendo trabajo de procesar un bar repleto de huellas digitales, casquillos usados y pistolas, Conklin y yo volvimos al Palacio de Justicia y nos reunimos con nuestro teniente, Jackson Brady.

Brady, un exdetective de narcóticos de Miami, tenía el cabello rubio platinado, cuerpo rígido y temperamento relajado. En los últimos dos años, había demostrado su inteligencia y su asombrosa valentía en el departamento de policía de San Francisco, y lo habían ascendido rápidamente para que dirigiera nuestro escuadrón de homicidios.

Su oficina alguna vez fue mía, pero dirigir la burocracia y el despliegue de personal era algo que no se ajustaba a mi temperamento. Me gustaba trabajar en la calle, directamente contra el crimen. No quería que me agradara Brady cuando aceptó el trabajo de teniente, pero no lo pude evitar. Era duro pero

justo, y ahora estaba casado con mi querida amiga Yuki Castellano. Esta vez me sentí muy contenta de que Brady tuviera un
pasado en el ámbito de narcóticos, homicidios y crimen orga-
nizado.

Conklin y yo nos sentamos con él, en su oficina de muros
de vidrio, y le contamos lo que sabíamos. Pasarían días antes
de que estuvieran hechas las autopsias y se encontraran coinci-
dencias entre pistolas, balas y cadáveres. Pero yo estaba bastante segura de que las pistolas no estarían registradas, que no
habría huellas digitales en el archivo y que la policía podría no
saber nunca a quién pertenecían las armas que mataron a esas
mujeres.

—Encontraron su auto en Washington... robado, por supuesto —dije—. Los dos hombres muertos tenían tatuajes de
los cárteles Los Toros y Mala Sangre. Estamos esperando una
identificación por parte de las autoridades mexicanas. Una de
las mujeres muertas conocía a Kingfisher, Lucille Alison
Stone. Vivía en Balboa, en el número tres mil doscientos.
Tiene antecedentes penales, dos veces por hurto y también
por posesión de marihuana, menos de veinte gramos; aparece
como conocida de Jorge Sierra. Es todo sobre ella.

—¿Y la otra mujer? ¿Whittaker?

—Según el barman, quien leyó su lenguaje corporal, Whittaker podría ser la novia de la novia. Es maestra de escuela y
no tiene antecedentes.

Brady dijo:

—Barry Shein, asistente del fiscal de distrito. ¿Lo conocen?

—Sí —dijimos Conklin y yo al unísono.

—Viene para acá. Tenemos treinta y seis horas para preparar un caso para el gran jurado mientras lo están convocando. Si no hacemos pronto la acusación de nuestro sospechoso, el FBI nos lo va a quitar. ¿Listos para la tentativa contra el hombre que sería rey?

—Vuelvo en un momento —dije.

El baño de damas estaba afuera de la sala de juntas y bajando por el pasillo. Entré, me lavé la cara, me enjuagué la boca y me reacomodé la cola de caballo. Luego volví a salir caminando por el pasillo donde tenía señal y le llamé a la señora Rose.

—No hay problema, Lindsay —dijo la dulce abuelita que vivía al otro lado del pasillo y que cuidaba a Julie Anne—. Estamos viendo el canal de viajes, Las Hébridas, en Escocia, hay ponis.

—Mil gracias —le dije.

Alcancé a mis colegas otra vez.

—Lista —le dije a Brady, Conklin y a Barry Schein, la nueva estrella en ascenso de la oficina del fiscal del distrito—. No hay mejor momento que éste.

CAPÍTULO 8

CUANDO KINGFISHER COMENZÓ su campaña en mi contra, leí todo lo que encontré sobre él.

A partir de los escasos reportes y avistamientos, sabía que el mexicano de 1.67 metros que estaba sentado en la sala de interrogatorios, con las manos esposadas y encadenadas a un gancho en la mesa, traficaba drogas desde antes de cumplir los diez años, y que lo habían apodado Martín Pescador, por el pajarito de colores brillantes y pico prominente, y de ahí el mote en inglés, *Kingfisher*.

Para cuando Sierra cumplió veinte años, ya era un oficial del cártel de Los Toros, una salvaje operación paramilitar que se especializaba en la venta de drogas de un extremo a otro de la Costa Oeste y algunos puntos al este. Diez años después, Kingfisher dirigió a un grupo de seguidores en un golpe que resultó en una sangrienta derrota, y que dejó cuerpos decapitados de ambos bandos descomponiéndose en el desierto.

El gran perdedor fue el cártel de Los Toros, y el nuevo cártel, dirigido por Kingfisher, se llamó Mala Sangre.

Además de las decapitaciones y asesinatos, Mala Sangre detenía con regularidad autobuses llenos de gente que viajaba por un tramo de carretera. A los ancianos y niños los mataban de inmediato, a las jóvenes las violaban antes de ejecutarlas, y a los hombres los obligaban a pelear unos con otros hasta la muerte, como gladiadores.

La campaña de publicidad de Kingfisher funcionó. Era amo y señor del tráfico de drogas desde el punto más lejano de México hasta el extremo de California del Norte. Se volvió inmensamente rico y encabezaba todas las listas de los más buscados de la policía, pero rara vez se dejaba ver. Cambiaba de casa con frecuencia, dirigía su negocio desde una computadora portátil y con teléfonos desechables, y la policía mexicana estaba notoriamente comprada y pagada por su cártel.

Se decía que recibía visitas conyugales de su esposa, Elena, pero ella había eludido los intentos de la policía de seguirla hasta la locación de su esposo.

Pensaba en eso mientras estaba con Brady, Conklin y Schein detrás del vidrio polarizado de la sala de interrogaciones. Nos alcanzaron rápidamente el jefe de policía Warren Jacobi y media docena de inspectores interesados en las áreas de narcóticos y robos que, con toda razón, habían perdido la esperanza de ver alguna vez a Kingfisher detenido.

Ahora lo teníamos, pero no era nuestro.

¿Cómo podíamos preparar un caso procesable en un día y medio? ¿Acaso los federales nos aplastarían por completo?

Normalmente, mi compañero era el policía bueno y yo era la mala. Me gustaba que Richie tomara la iniciativa e impusiera un tono de confianza, pero Kingfisher y yo teníamos una historia: amenazó mi vida.

Rich abrió la puerta a la sala de interrogatorios y nos sentamos en las sillas frente al probable asesino.

Nadie estaba más preparado para hacer este interrogatorio que yo.

CAPÍTULO 9

EL REY PARECÍA de lo más corriente con su overol anaranjado y con las esposas cromadas, pero no era nada ordinario. Pensé bien en mi acercamiento inicial: podría adularlo, tratar de ponerme de su lado y seducirlo con mi empatía, una técnica de entrevistas probada y exitosa; o podría ponerme dura.

Al final, preferí el equilibrio.

Lo miré a los ojos y dije:

—Hola de nuevo, señor Sierra. Aunque la identificación de su cartera dice que usted es Geraldo Rivera —soltó una risita burlona. —¡Qué adorable! ¿Cuál es su nombre de verdad? —volvió a reír con sorna—. ¿Está bien si lo llamamos Jorge Sierra? El software de reconocimiento facial señala que así se llama.

—La fiesta es suya, oficial.

—Sargento, para usted. Y como es mi fiesta, me quedaré con señor Sierra. ¿Qué le parece si hacemos esto del modo más sencillo? Usted responde algunas preguntas para que podamos terminar. Usted está cansado, yo estoy cansada; pero el internet está que arde, el FBI lo quiere y también las autoridades mexicanas, las cuales ya están trabajando en los documentos de extradición, se les cae la baba.

—Todos me aman.

Puse las licencias de manejo de Lucille Stone y de Cameron Whittaker en la mesa.

—¿Cuál era su relación con estas dos mujeres?

—Las dos estaban bien para mi gusto, pero nunca antes había visto a ninguna de las dos.

—¿Esta noche, quiere decir? Tenemos a un testigo que lo vio matar a estas mujeres.

—No las conozco, nunca las he visto.

Abrí un fólder y saqué una foto de 21 x 28 de Lucille Stone tirada sobre la barra.

—Le dieron cuatro tiros en el pecho, tres más en la cara.

—¿Cómo se dice? *Trágico.*

—Era su chica especial, ¿verdad?

—Estoy casado, no tengo chicas especiales.

—Elena Sierra. Supe que vive aquí en San Francisco con sus dos hijos —no hubo respuesta—. Y esta mujer —dije, sacando una foto de la mujer rubia tendida en el piso del bar—, Cameron Whittaker. Conté tres o cuatro balazos, pero podrían haber sido más.

Su rostro no tenía expresión.

—Es una total desconocida para mí.

—Ajá. Nuestro testigo nos dice que estas dos chicas, su novia y la señorita Whittaker, se gustaban mutuamente, que se besaban y cosas por el estilo.

Kingfisher se mofó. De verdad se veía divertido.

—Lamento no haberlas visto. Podría haber disfrutado viéndolas. En fin, no tienen nada que ver conmigo.

Saqué las fotos que tomaron los peritos forenses de los dos tiradores muertos.

—Estos hombres. ¿Los puede identificar? Tienen dos tatuajes de pandillas, pero llevan identificaciones falsas. Nos gustaría notificar a sus familiares.

No hubo ninguna respuesta. Si a Kingfisher le importaba un pepino, no se notaba, por lo que dudé que un detector de mentiras lo pudiera delatar.

En cuanto a mí, todavía tenía el corazón acelerado. Estaba consciente de los hombres detrás del vidrio, y sabía que si echaba a perder este interrogatorio, decepcionaría a todos.

Miré a Richie. Alejó su silla unos cuantos centímetros de la mesa, para señalarme que no se quería meter en la conversación.

Intenté una táctica estilo Richie.

—Véalo desde mi punto de vista, señor Sierra. Tiene marcas de sangre en la camisa, una salpicadura, de hecho, el tipo de mancha que una persona *tendría si* estuviera parado junto a otra a la que le hubieran disparado en el pulmón. Sus manos dieron un resultado positivo para pólvora, había cien testigos, tenemos tres pistolas y un gran número de casquillos en el laboratorio forense, y todos contarán la misma historia. Cualquier asistente del fiscal de distrito que nos asignen al azar conseguirá que se formulen cargos en menos tiempo del que le tomaría a un juez decir "sin fianza" —el pajarito de largo pico sonrió. Le devolví la sonrisa, luego dije—: si nos ayuda, señor Sierra, le diremos al fiscal del distrito que se ha mostrado dispuesto a cooperar. Quizá podamos llevarlo a la cárcel de máxima seguridad de su elección. En la actualidad, aunque eso podría cambiar en el futuro próximo, es ilegal la pena capital en California. Existe una buena posibilidad de que eso nunca ocurra, ¿entiende? Al menos lo dejaríamos *vivir*.

—Necesito usar el teléfono —dijo Kingfisher.

Miré la pared de ladrillo directamente frente a mí. Ignoré la solicitud de un teléfono y seguí hablando.

—O cederemos ante la orden de extradición. Así tomará un transporte desde aquí hasta la Ciudad de México dejando que los federales le cuenten de asesinatos múltiples. Aunque, francamente, no veo cómo usted lograría sobrevivir lo suficiente en México como para llegar a juicio.

—¿Qué no me escucha? —preguntó nuestro prisionero—. Quiero llamar a mi abogado.

Richie y yo nos levantamos y les abrimos la puerta a los dos guardias, quienes entraron y se lo llevaron de vuelta a su celda.

De nuevo en la sala de observación, Conklin dijo:

—Hiciste todo lo posible, Linds.

Los otros hombres pronunciaron versiones de "Qué lástima" y me dejaron a solas con Conklin, Jacobi, Brady y el joven señor Schein.

Les dije:

—No confesará. No tenemos nada. Diré lo obvio, pero la gente le tiene miedo, así que no tenemos testigos. No sabemos si es el asesino, ni siquiera si es el Rey.

—Averígualo —dijo Brady. Tenía un ligero acento sureño, con las sílabas alargadas.

Todos entendimos el mensaje.

Se acabó la junta.

CAPÍTULO 10

APENAS PASABAN DE LAS OCHO de la noche cuando entré al departamento en donde vivimos Julie y yo. Está en la calle Lake, no muy lejos del parque.

La señora Rose, la nana de Julie, dormitaba en el gran sofá de piel y nuestro televisor HD estaba en silencio. Martha, una perra pastor escocés y amiga querida de antaño, se puso de pie de un salto y fue hacia mí, ladrando y saltando, abrumada por la dicha.

La señora Rose apoyó los pies en el piso, y Julie soltó un llanto desde su pequeña alcoba.

Como el hogar no hay dos.

Pasé una buena hora acurrucada con mi niñita, devorando el famoso pastel de carne de Gloria Rose, sorbiendo un par de copas de Pinot Noir y dándole un masaje en la espalda a Martha.

Una vez que quedó limpio el lugar, la bebé estaba dormida

y la señora Rose se había ido hasta la mañana siguiente, encendí la computadora y abrí el correo electrónico.

Lo primero que apareció fue el reporte de balística de Charlie Clapper:

"Se recuperaron tres pistolas, todas chatas —dijo, en referencia a las .38 de cañón corto, el especial del sábado en la noche—. Se usaron balas de plomo suave. Se aplastaron como masa, cada una de ellas, sin surcos. Las huellas digitales de las pistolas y casquillos coinciden con las de los dos hombres muertos y del hombre que fichamos de identidad incierta. Los tatuajes de los fallecidos están hechos con la típica tinta utilizada en prisión, con calaveras y todo eso, y tienen tanto la insignia de Los Toros como las letras de Mala Sangre, hay fotos en el archivo."

Prosiguió el reporte de Charlie:

"La sangre en la ropa de los fallecidos y la del sospechoso coincide con la sangre de las víctimas identificadas positivamente como Cameron Whittaker: blanca, veinticinco años, maestra sustituta de primaria, y Lucille Stone: blanca, de veintiocho años, cuya identificación dice que era vicepresidenta de mercadotecnia en Solar Juice, una empresa de software en la ciudad de Sunnyvale.

Es todo lo que tengo, Lindsay.

Lamento no tener mejores noticias.

Chas."

Llamé a Richie por teléfono y contestó Cindy.

Mi amiga reportera era como una periodista mezcla entre adorable y femenina y *pitbull*, así que dijo:

—Quiero hacer una nota de Kingfisher, Linds. Dile a Rich que está bien que comparta la información conmigo.

Solté un bufido de risa, luego dije:

—¿Puedo hablar con él?

—¿Lo harás? ¿La compartirás?

—Todavía no. Ya veremos.

—Perfecto —resopló Cindy—. Gracias.

Richie se puso al teléfono. Me dijo:

—Tengo algo que podría llevarnos a un móvil.

—Dime.

—Hablé con la mamá de la novia. Dice que Lucy estaba saliendo con Sierra, pero que rompió con él hace como un mes. Justo después de eso, Lucy creyó que Sierra estaba muerto. Digo, todos creíamos lo mismo, ¿no?

—Correcto.

—Según la madre de Lucy Stone, Sierra fue al departamento de Lucy ayer y Lucy no quiso dejarlo entrar. Según la señora Stone, su hija la llamó y le dijo que Sierra estaba enojado y que la amenazó. Por lo visto, Lucy se asustó.

—Quizá la mantuvo bajo vigilancia. La siguió hasta la Bóveda.

—Es probable, sí. Le pregunté a la señora Stone si podía identificar a Sierra. Y ella dijo...

—Déjame adivinar. "No".

—Exacto. Sin embargo...

—No juegues conmigo, Richie.

Él se rió.

—Aquí tienes. La señora Stone dijo que la esposa del Rey, Elena Sierra, está viviendo bajo el nombre Maura Steele. Conseguí su teléfono y una dirección en Nob Hill.

Una pista. Una pista de verdad.

Le dije a Richie que era lo máximo. Se volvió a reír. Debe ser lindo tener un carácter tan alegre.

Después de colgar, revisé los cerrojos en la puerta y en las ventanas, volví a revisar la alarma, me asomé para ver a mi querida Julie, y coloqué mi pistola en mi mesita de noche.

Le silbé a Martha.

Vino corriendo al cuarto y saltó a la cama.

—Buenas noches, dulce Martha.

Apagué la luz e intenté dormir.

CAPÍTULO 11

NOS VIMOS EN LA SALA de descanso al día siguiente: éramos Conklin, Brady, el asistente del fiscal del distrito Schein y yo.

Schein tenía treinta y seis años, estaba casado y tenía dos hijos. Le rendía cuentas directamente al fiscal del distrito Len "Perro Rojo" Parisi y desde su llegada había realizado juegos perfectos y mandado a los acusados a la cárcel cada vez que subía al estrado. Encerrar a Kingfisher sería su boleto de entrada a un despacho estelar de abogados, si así lo quería. Incluso ahora estaba listo para el siguiente gran acontecimiento, iba bien rasurado y acicalado, a pesar de este ambiente roído, y era completamente profesional. Eso me agradaba, él me agradaba.

Schein dijo:

—Para resumir, tenemos: la grabación del 911 de un hombre con acento hispano que reporta haber visto a Kingfisher en la Bóveda. Conjeturamos que ése es el hombre a quien arrestamos. El sujeto que dio el aviso dijo que trabajaba en la cocina, pero podría haber sido cualquiera. Llamó desde un teléfono desechable y no ha dado un paso al frente como testigo.

Conklin y yo asentimos. Schein prosiguió.

—Tenemos un testigo que vio el momento previo al tiroteo, pero no vio el evento en sí.

Dije:

—Tenemos sangre en la camisa del sospechoso.

—Bien. Pero un miembro del jurado preguntará si podría haberse manchado de sangre sólo por estar cerca de la víctima, aunque sin disparar el arma.

Schein se encogió de hombros.

—¿Qué puedo decir? Sí. En resumidas cuentas, en veinticuatro horas a partir de este momento, el gran jurado pedirá que se "proceda a la acusación", o nuestro sospechoso se nos irá de las manos y caerá en los brazos de una jurisdicción más alta o distinta.

—Dime exactamente lo que necesitas —dijo Brady. Estaba haciendo una lista con un crayón rojo sobre un bloc de notas de papel rayado color amarillo.

—Necesitamos suficiente evidencia legal y causa probable —dice Schein—. Y yo puedo ser convincente hasta cierto punto.

—¿Tenemos que identificar positivamente a nuestro hombre como Jorge Sierra?

—Es el requisito de admisión, sin eso no hay audiencia.

—Además —dijo Brady— necesitamos un testigo del tiroteo o de la intención de Sierra de matar.

—Con eso lo acorralaríamos.

Una vez que los vasos de café y la caja de donas acabaron en la basura y finalmente estábamos solos, Rich dijo:

—Cindy debería publicarlo en el *Chronicle* en línea.

—¿Algo así como, "el departamento de policía de San Francisco busca información de cualquiera que haya estado en la Bóveda el miércoles en la noche y haya visto el tiroteo"?

—Sí —dijo Rich—, ya ha funcionado antes.

CAPÍTULO 12

RICH VOLVIÓ A LA ESCENA del crimen para echar otro vistazo, y yo llamé a la antigua esposa de Jorge Sierra, ahora llamada Maura Steele. No contestó el teléfono, así que saqué una patrulla y fui manejando hasta su domicilio en Nob Hill.

Le mostré mi insignia al portero y le pedí que llamara al departamento de la señorita Sierra, alias Steele.

Me dijo:

—Se acaba de ir.

—Es un asunto policial importante —le dije—. ¿Dónde la puedo encontrar?

—Se fue al gimnasio. Normalmente vuelve como a las diez.

Eran cuarto para las diez. Tomé asiento en un sillón orejero con vista a la calle y a través de unas ventanas de dos pisos de altura vi una limusina negra deteniéndose en la orilla. Bajó un chofer uniformado, dio la vuelta hasta el lado de la banqueta y abrió la puerta trasera.

Salió una mujer muy atractiva de veintitantos o treinta y pocos años, y se dirigió a la puerta del vestíbulo mientras buscaba las llaves en su bolsa.

La señorita Steele era esbelta y de huesos finos, con el cabello corto, oscuro y rizado. Llevaba puesto un elegante abrigo de lana de oveja sobre su traje deportivo rojo. Le lancé una mirada al portero y él asintió. Cuando ella pasó por la puerta, me presenté y le mostré mi placa.

—¿Policía? ¿De qué se trata?

—De Jorge Sierra —le dije.

Dio un paso para atrás. En sus ojos titiló el miedo y su rostro se tensó.

—No conozco a nadie con ese nombre —dijo.

—Por favor, señorita Steele. No me obligue a llevarla a la comandancia para hacerle preguntas. Sólo necesito que identifique una fotografía.

El portero estaba jugueteando con sus documentos en la recepción, intentando fingir que no estaba poniendo atención. Se parecía a Matt Damon, pero sin el talento.

—Acompáñeme arriba —me dijo la señorita Steele.

La seguí al elevador, que abrió directamente a su suntuoso departamento. Era deslumbrantemente lujoso, con alfombras persas, muebles caros, lo que parecía ser arte de calidad y, como fondo, el puente Golden Gate y la bahía de San Francisco.

La había investigado antes de subirme al auto. La señorita

Steele no tenía trabajo por el momento y no aparecía ni con el apellido Sierra ni Steele en LinkedIn, Facebook o el Quién es Quién en los Negocios. Lo más probable era que viviera del botín de su matrimonio con uno de los hombres más ricos al oeste de las Rocallosas.

Steele no me pidió que me sentara.

—Quiero ser absolutamente clara —dijo—. Si me cita o me obliga a atestiguar o de cualquier manera trata de llevarme a juicio, lo negaré todo. Todavía estoy casada, no puedo testificar.

Saqué la foto de mi bolsillo y la levanté para que ella lo viera.

—¿Este es Jorge Sierra? —pregunté—. ¿Conocido como Kingfisher?

Ella asintió como si fuera una muñeca que fumó *crack*. No puedo decir que no entendiera su terror, yo misma había sentido algo parecido.

Le dije:

—Gracias.

Le hice unas preguntas de seguimiento mientras me acompañaba de regreso a la puerta del elevador. ¿Había estado su esposo en contacto con ella? ¿Cuándo fue la última vez que había hablado con él? ¿Alguna idea de por qué él habría matado a dos mujeres en un club nocturno?

Ella dejó de moverse y contestó sólo la última pregunta.

—Porque está *loco,* porque es un *demente* cuando se trata

de mujeres. Traté de dejarlo y escapar hacia la frontera con los Estados Unidos, pero cuando me atrapó me hizo esto.

Se levantó la camisa para mostrar su torso. Había una gran cicatriz en su cuerpo, de unos treinta y cinco centímetros de ancho por veinticinco de largo, que le cubría la piel desde abajo de los pechos hasta el ombligo. Parecía una quemadura hecha por un hierro al rojo vivo, en forma de un pájaro de pico prominente. Un martín pescador, *kingfisher*.

—Él quería que cualquier hombre que yo conociera supiera que le pertenecía a él. Usted, no olvide su compromiso y no lo deje escapar. Si logra salir, llámeme, ¿de acuerdo?

—De acuerdo —le dije—. Trato hecho.

CAPÍTULO 13

EL VIERNES POR LA MAÑANA, Conklin y yo nos reunimos con el asistente del fiscal de distrito Barry Schein en su oficina en el segundo piso del Palacio de Justicia. Schein caminaba de un lado al otro y flexionaba las manos, estaba calentando motores, como era de esperarse. Esta era una audiencia de enorme importancia para el gran jurado, y todo el peso recaía sobre Barry.

—Voy a intentar algo un poco arriesgado —dijo.

Barry pasó unos cuantos minutos revisando lo que ya sabíamos sobre el gran jurado: era una herramienta para el fiscal de distrito, una manera de poner a prueba el caso en un ambiente informal para ver si había pruebas suficientes como para hacer imputaciones. Si el jurado acusaba al señor Sierra, Schein podría saltarse la lectura de cargos y llevar a Sierra directamente a juicio.

—Eso es lo que queremos —dijo Barry—, velocidad.

Rich y yo asentimos para expresar que lo entendíamos.

Schein dijo:

—No hay juez, no hay abogado de defensa, como ustedes ya lo saben. Sólo el jurado y yo —dijo Schein—. Justo ahora no tenemos la suficiente evidencia como para imputar a Sierra por asesinato en cualquier grado. Lo podemos ubicar en la escena del crimen, pero nadie de ahí lo vio disparar la pistola y los reportes forenses no son concluyentes.

Dije:

—Estoy lista para saber más sobre tu jugada "arriesgada".

Schein se ajustó la corbata, se alisó el cabello con la mano y dijo:

—Envié un citatorio a Sierra. Eso casi nunca se hace, porque es improbable que el presunto culpable testifique contra sí mismo. Dicho eso, Sierra *tiene* que subir al estrado. Como lo haría la mayoría de la gente en su lugar, demandará la quinta enmienda. Así que trataré de usar eso para ayudarnos.

—¿De qué manera? —pregunté.

Schein esbozó la primera sonrisa del día.

—Dispondré mi caso ante el jurado al preguntarle a Sierra: "Tenía un plan en mente cuando fue a la Bóveda, ¿no es así? Lucille Stone era su novia, ¿es correcto, señor? Pero ella lo rechazó, ¿cierto? Usted la siguió y se enteró que ella estaba involucrada con una mujer, ¿eso es verdad, señor Sierra? ¿Es por eso que la asesinó a ella y a Cameron Whittaker?

No tuve que pedirle a Schein que prosiguiera. Seguía dando

vueltas por su oficina y hablaba a partir de una táctica en su cabeza.

—Cuanto más se rehúse a responder —dijo Schein— más se erige la causa probable en la mente del jurado. ¿Podría salirme el tiro por la culata? Sí, si el jurado no le echa en cara su negativa a testificar, me darán las gracias y adiós. Pero no estaremos peor de lo que estamos ahora.

Una hora después, Rich y yo estábamos en la Corte Superior de San Francisco en la calle McAllister, en una banca en el pasillo. A Sierra lo habían llevado al tribunal por una puerta trasera y, como pude discernir cuando se abrió un resquicio entre las puertas principales, llevaba puesta ropa de calle, tenía grilletes alrededor de los tobillos y estaba sentado entre dos rudos custodios con pistolas a la cadera.

El abogado de Sierra, J. C. Fuentes, estaba en una banca a diez metros de donde yo estaba sentada con mi compañero. Era un hombre enorme y de aspecto tosco, de unos cincuenta años, vestido con un viejo traje marrón. Yo sabía que era un abogado criminalista triunfador. No era un orador, pero era un extraordinario estratega y táctico.

Hoy, como al resto de nosotros, sólo se le permitió esperar afuera de la sala y estar disponible si su cliente necesitaba consultar con él.

Rich conectó su iPad y se recargó contra la pared. Yo movía los pies, miraba a la gente y esperaba noticias. No estaba preparada cuando las puertas de la sala se abrieron con violencia.

Me puse de pie de un salto.

A Jorge Sierra, todavía encadenado, lo estaban arrastrando fuera de la sala y hasta el pasillo, donde estábamos parados el licenciado Fuentes, Conklin y yo, boquiabiertos y atónitos.

Sierra gritó sobre su hombro hacia las puertas abiertas.

—Tengo todos sus nombres, estúpidos, sé dónde viven, tengo sus direcciones, conozco la distribución de sus departamentos. Ustedes y sus patéticas familias pueden esperar una visita muy pronto.

Las puertas se cerraron y Fuentes se acercó al lado de Sierra mientras pasaban empujándolo junto a nosotros, y éste se carcajeaba.

Eran las doce y veinte. Rich me dijo:

—¿Cuánto tiempo crees que pase antes de que vuelva el jurado?

Yo no tenía respuesta, ni siquiera una suposición.

Catorce minutos después, Schein salió de la sala luciendo como si lo hubieran hecho pasar por un triturador de madera.

Dijo:

—Sierra invocó la quinta enmienda, y no le agradó al jurado. Los amenazó antes de bajar del estrado, y no dejó de hacerlo hasta que le cerraron las puertas en la cara. ¿Lo oyeron? Amenazar al jurado es otro crimen.

Rich dijo:

—¿Y cuándo lo deciden, Barry?

Schein dijo:

—Ya está hecho. Fue decisión unánime, a Sierra se le imputarán dos acusaciones de asesinato en primer grado.

Estrechamos con fuerza la mano de Schein. La acusación nos daba el tiempo necesario para reunir más evidencia antes de que Sierra fuera llevado a juicio. Conklin y yo volvimos al Palacio de Justicia para informar a Brady.

—Dios existe —dijo Brady al ponerse de pie.

Chocamos las manos sobre su escritorio, y Conklin dijo:

—Vamos por unas cervezas.

Fue un gran momento. El FBI y el gobierno mexicano tuvieron que dar un paso atrás. Jorge Sierra había sido imputado por asesinato en California.

El Rey estaba en nuestra cárcel y era nuestro para condenarlo.

CAPÍTULO 14

JOE Y YO BAILÁBAMOS, lento y muy juntos. Puso la mano abajo de mi cintura, y el borde de mi ajustado y escotado vestido rojo ondulaba alrededor de mis tobillos. Ni siquiera podía sentir los pies porque bailaba sobre nubes de algodón. Me sentía tan bien en brazos de Joe: amada, protegida y también excitada. No quería que este baile terminara jamás.

—Te extraño tanto —me susurró al oído.

Me moví para atrás para poder mirar su hermoso rostro, sus ojos azules.

—Yo te...

No logré decir la última palabra.

Mi teléfono sonaba con el tono de llamada de Brady, un toque de clarín.

Traté de agarrar el teléfono, pero se me deslizó de las manos. Todavía medio metida bajo las sábanas, lo volví a tomar, y para entonces Martha ya me estaba olfateando el rostro.

¡Dios!

—Boxer —croé.

La voz de Brady estaba tensa.

—Encontraron a un miembro del jurado muerto en la calle, baleado.

—¡No! —dije.

—Me temo que sí —respondió.

Me dijo que pusiera manos a la obra, y le marqué a Richie.

Era sábado. La señora Rose tenía el día libre, pero de todos modos la llamé. Sonaba entre dormida y resignada, pero dijo: "Llego en un momento".

Cruzó el pasillo en bata y pantuflas y me preguntó si no me molestaría sacar a Martha antes de partir.

Tras un exitoso paseo perruno de tres minutos, me bebí el café, engullí una barra energética y manejé hasta la calle Chestnut, la avenida principal del Distrito Marina. Esta zona estaba densamente tapizada de restaurantes y boutiques, donde normalmente pululaban jóvenes profesionistas, padres de familia con carriolas y gente de veintitantos con ropa de yoga.

Todo ese tránsito de espíritus libres del fin de semana se había detenido en seco. Una multitud de espectadores había formado un gran círculo alrededor de la cinta de seguridad que sitiaba una sección de la calle y al cuerpo de la víctima.

Levanté mi placa y me abrí paso a codazos hasta donde Conklin hablaba con el primer oficial, Sam Rocco.

Rocco dijo:

—Sargento, le estaba diciendo a Conklin que alguien llamó al 911 para reportar que habían "sacrificado como perro" a un miembro del gran jurado del juicio Sierra.

—La operadora dijo que quien llamaba sonaba amenazador. Consiguió la calle y la intersección antes de que la persona que llamaba colgara —prosiguió Rocco—. Feldman y yo llegamos aquí en menos de cinco minutos. Abrí la cartera de la persona y busqué sus datos. Sarah Brenner: vive a dos cuadras de aquí, en la calle Greenwich. Por el vaso de café en la alcantarilla, parece que apenas volvía del café Peet's, de la calle Chestnut.

—¿Alguien vio el tiroteo? —pregunté.

—Nadie que lo quiera admitir —dijo el oficial Rocco.

—¿Todavía tiene dinero y tarjetas en la cartera?

—Sí, y lleva puesto un collar de oro y un reloj.

No fue robo. Le di las gracias a Rocco y caminé alrededor del cadáver de la joven tendida boca abajo entre dos autos estacionados. Llevaba unos jeans y una chamarra verde de plumas, algunas de las cuales salían flotando de los agujeros abiertos por los balazos; cerca estaban las zapatillas sin cordones que, tras el impacto o caída, habían salido volando de los pies enfundados en calcetines. Había casquillos esparcidos por el asfalto alrededor del cuerpo, y algunos relucían desde abajo de los autos estacionados.

Levanté un mechón del largo cabello castaño de Sara

Brenner para quitarlo de su rostro y ver sus facciones. Se veía dulce y demasiado joven. Le toqué el cuello para asegurarme de que realmente estuviera muerta. ¡*Maldita sea!*

"Sacrificar como perro" a Sarah Brenner era un término crudo para un golpe profesional que tenía la intención de asustar a todos los implicados en el juicio de Sierra. Incitar el miedo, ajustar cuentas, venganza.

Ése era precisamente el estilo de Kingfisher.

Se me ocurrió que podría salirse con la suya y matar a esta joven como lo había hecho tantas veces antes. Volvería a golpear y correr.

CAPÍTULO 15

EL LUNES EN LA MAÑANA, Rich y yo le reportamos a Brady lo que supimos ese fin de semana.

Rich dijo:

—Sarah tenía veinticinco años, tomaba clases de violín en las noches y durante el día llevaba el trabajo administrativo de un dentista. No tenía novio, ningún ex reciente, y vivía con dos mujeres jóvenes y un perico africano gris. Tenía mil veinte dólares en el banco y un saldo de cincuenta dólares en la tarjeta de crédito por una chamarra de plumas verde. Ningún enemigo, sólo amigos, sin que se sepa que ninguno tuviera motivo para matarla.

—¿Qué estás pensando? —me preguntó Brady.

—Que quizás el Rey tenga ganas de fanfarronear.

Brady me dio una de sus sonrisas poco frecuentes.

—¡Pues vamos a ver! —dijo.

Tomé las escaleras desde nuestro piso, cuatro tramos, hasta

la seguridad máxima en el séptimo piso. Me registré en la recepción y me escoltaron a la celda brillantemente iluminada y sin ventanas donde estaba Sierra.

Me quedé parada a un par de metros de los barrotes de la jaula del Rey.

Parecía como si alguien le hubiera dado una paliza, y el overol anaranjado no le favorecía en absoluto. No parecía el rey de nada.

Se levantó cuando me vio, y dijo:

—Ehh, hola, oficial Lindsay. No se puso labial, ¿no quiere verse linda para mí?

Ignoré la burla.

—¿Cómo le va? —le pregunté.

Esperaba que tuviera algunas quejas, que quisiera una ventana o una cobija: cualquier cosa que pudiera usar de trueque para conseguir respuestas a preguntas que pudieran llevarnos a obtener evidencia en su contra.

Él dijo:

—Bastante bien. Gracias por conseguirme una habitación sencilla. Estaré razonablemente cómodo aquí. Los demás, no tanto. Eso la incluye a usted, a su nena y hasta a su huidizo marido, Joseph. ¿Quiere saber con quién se está acostando ahora? Yo lo sé. ¿Quiere ver fotos? Puedo pedir que se las manden por correo electrónico.

Fue un tiro directo al corazón y me tomó desprevenida. Me esforcé por guardar la compostura.

—¿Y cómo piensas hacer eso? —pregunté.

Sierra tenía una risa desagradable y aguda.

Lo había juzgado mal. Él había tomado el control de esta reunión y no me enteraría de nada sobre Sarah Brenner... de él ni de nadie más. El rubor que se extendía desde el cuello de mi camisa nos dejó saber a ambos que él había ganado esta ronda.

Dejé a Jorge Sierra, ese asqueroso pedazo de excremento de rata, y bajé trotando por las escaleras hasta la sala de juntas, mascullando, prometiéndome que el siguiente punto sería mío.

Conklin y yo nos sentábamos en la parte de enfrente de la oficina. Habíamos acomodado los escritorios para quedar frente a frente. Vi que Cindy estaba sentada en mi silla y Conklin en la suya. Entre ellos había empaques abiertos de comida china.

Saludé a Cindy. Conklin arrastró una silla para ella y me dejé caer en la mía.

—Qué linda que trajeras el almuerzo —dije, mirando los envoltorios. No tenía el menor apetito. Definitivamente no tenía ganas de camarones con salsa de langosta ni siquiera de té.

—Te traje algo incluso más lindo —dijo, y levantó una pequeña tarjeta SIM negra, como las de los celulares.

—¿Qué es eso?

—Es un rayo de sol dorado que perfora los cielos sombríos que nos envuelven.

—Quiero creerte —le dije.

—Un testigo dejó esto para mí en el *Chronicle* esta mañana —dijo Cindy—. Es un video del tiroteo en el bar la Bóveda. Puedes ver la pistola en manos del Rey. Se puede ver el cañón apuntando contra el pecho de Lucy Stone. Incluso se ve el destello después de que jala el gatillo.

—¿Es evidencia de que Sierra le dispara a Stone, en video?

Esbozó una sonrisa de gato Cheshire.

—¿La persona que filmó este video tiene nombre?

—La persona tiene nombre, teléfono y está dispuesta a testificar.

—Te amo, Cindy.

—Lo sé.

—*De verdad,* te amo.

Cindy y Rich estallaron en una carcajada, y después de una pausa atónita yo también me reí. Vimos el video juntos, era valioso. Teníamos evidencia directa y un testigo. Jorge Sierra estaba frito.

CUATRO MESES DESPUÉS

CAPÍTULO 16

SIN IMPORTAR EL DÍA de porquería que nos diera la vida, era casi imposible estar de mal humor en el Café de Susie.

Estacioné el auto en la calle Jackson, me abotoné el abrigo y bajé la cabeza contra el frío viento de abril mientras caminaba fatigosamente hacia el comedor estilo caribeño, brillantemente iluminado y frecuentado por El club contra el crimen.

Mis pies ya conocían el camino, cosa que era buena, porque tenía la cabeza en otro lado. El juicio de Kingfisher comenzaba mañana.

El interés de los medios en él había revivido y todos los noticieros estaban en máxima alerta. Durante toda la semana, el tránsito en Bryant y todo alrededor del Palacio de Justicia había estado atiborrado de furgonetas satelitales. No había dejado de sonar ninguno de mis teléfonos: oficina, casa y celular.

Me sentía frágil e inquieta mientras pasaba por la puerta de entrada al café. Fui la primera en llegar y tomé "nuestro" gabinete en la parte de atrás. Le hice una señal a Lorraine quien me trajo una cerveza grande y helada, y en poco tiempo la anestesia dorada me había calmado.

Justo entonces escuché a Yuki y a Cindy bromeando y vi que ambas se dirigían hacia la mesa. Hubo una ronda de besos, y luego las dos se acomodaron en la banquita frente a mí.

Cindy pidió una cerveza y Yuki pidió un saltamontes, una bebida verde y espumosa que la mandaba a la luna. Ella siempre disfrutaba el vuelo, y también las demás.

Cindy me contó que Claire había llamado para avisar que llegaría tarde y, tras sorber un poco de mi cerveza, dijo:

—Tengo noticias.

Cindy, como todos los otros reporteros del mundo, cubría el juicio de Sierra. Pero ella era una experta en crimen, y la historia estaba ocurriendo en su territorio. Otros periódicos publicaban notas con su firma. Eso era bueno para Cindy, y podía ver, por el rubor de sus mejillas, que tenía la adrenalina a todo lo que da.

Se inclinó hacia nosotras y habló apenas con el volumen suficiente para que la pudiéramos escuchar sobre los tambores metálicos de la sala principal y las carcajadas de las mesas que nos rodeaban.

Dijo:

—Recibí un correo anónimo que decía que ocurriría "algo dramático" si no se retiraban los cargos contra Sierra.

—¿Dramático en qué sentido? —pregunté.

—No lo sé —dijo Cindy—. Pero quizá pueda descubrirlo. Por lo visto, el Rey quiere que lo entreviste.

El libro de Cindy sobre un par de asesinos seriales barrió con todo hasta llegar a la cima de las listas de los más vendidos el año pasado. Sierra podría saber de ella, quizá fuera un admirador.

Extendí las manos sobre la mesa y tomé las de Cindy.

—Cindy, ni lo pienses. No querrías que este hombre sepa nada de ti. Si a alguien le consta, es a mí.

—Por primera vez desde que te conozco —dijo Cindy— diré que tienes razón. No pediré verlo. Voy a dejarlo pasar, simplemente.

Dije:

—Dios, gracias.

Lorraine le trajo a Cindy su cerveza y Yuki miró la pista de baile.

Dijo casi melancólicamente:

—Conozco a Barry Schein bastante bien. Trabajé con él un par de años... Si hay alguien que puede lidiar con el drama del Rey, es él. Lo admiro. Algún día podría quedarse en el puesto de Perro Rojo.

Ninguna de nosotras olvidaría jamás esa noche tan típica en el Café de Susie. Antes de que dejáramos la mesa, quedaría grabada permanentemente en nuestras memorias colectivas. Estábamos disfrutando el especial del domingo en la noche: pescado frito con arroz, cuando tintineó mi teléfono. Sólo lo

había dejado encendido en caso de que Claire llamara para avi-
sarnos que no llegaría. Pero la llamada que sonó era de Brady.

Contesté.

Brady me dio muy malas noticias. Le dije que estaba en camino y colgué. Repetí la estremecedora noticia a Cindy y a
Yuki. Nos abrazamos sin palabras.

Luego salí a toda prisa hacia mi auto.

CAPÍTULO 17

POR LO VISTO, LOS SCHEIN vivían en el clásico hogar americano de ensueño, una hermosa casa estilo Cape Cod sobre la calle Pacheco en el barrio de Golden Gate Heights con una espléndida vista, dos automóviles último modelo, un jardín con césped y un árbol con columpio.

Pero hoy, la calle Pacheco estaba acordonada. El perímetro estaba sitiado por patrullas con sus luces intermitentes color cereza, y los faros de halógeno iluminaban una tienda de campaña de evidencias y veintiocho metros cuadrados de pavimento.

El primer oficial, Donnie Lewis, levantó la cinta y me dejó pasar a la escena.

Clapper, el normalmente tranquilo director de investigaciones forenses, se acercó a mí conmocionado y dijo:

—Dios, Boxer, prepárate, esto es brutal.

La piel me hormigueaba y se me revolvía el estómago mientras Clapper me acompañaba a la entrada para autos de los Schein, que iba desde la calle hasta el garaje adjunto. El cuerpo de Barry estaba tendido boca arriba con los ojos abiertos, las llaves en la mano, la puerta de su Civic azul metálico completamente abierta.

Me perdí en el tiempo. El piso se movió bajo mis pies y todo el mundo se congeló. Me cubrí el rostro con las manos y sentí el brazo de Clapper alrededor de mis hombros.

—Estoy aquí, Lindsay, estoy aquí.

Bajé las manos y le dije:

—Apenas hablé con él ayer... estaba preparado para ir a juicio. Estaba listo, Charlie.

—Lo sé, lo sé. Nunca tiene sentido.

Me quedé mirando el cuerpo de Barry. Su saco estaba perforado por muchísimos agujeros como para poder contarlos. La sangre había rodeado su cuerpo y corría en chorros hacia la cochera.

Solté suficientes maldiciones como para alcanzar la luna.

Luego le pedí a Clapper que me pusiera al tanto.

—El pequeño iba bajando por estos escalones para recibir a su padre. Barry llamó al niño, luego volvió a la calle. Debe haber escuchado al auto del tirador acercarse, o quizás alguien lo llamó. Se dio la vuelta para mirar... y lo acribillaron.

—¿Cuántos años tiene el niño?

—Cuatro, se llama Stevie.

—¿Podrá describir lo que vio? —le pregunté a Clapper.

—Le dijo al oficial Lewis que vio a un coche detenerse por aquí, en donde empieza el acceso vehicular. Escuchó los tiros y vio a su padre caer. Se dio la vuelta y regresó corriendo por los escalones y entró a la casa. Luego, según Lewis, salió Melanie, la esposa de Barry y trató de resucitar a su marido. Su hija, Carol, de seis años, se fue corriendo a la casa de al lado, su mejor amiga vive ahí.

—Melanie y Stevie están en la casa hasta que todos se vayan de aquí.

—¿Cuál es tu conclusión? —le pregunté a Clapper.

—El conductor siguió a la víctima o se estacionó cerca, vio el auto de Schein pasar y lo siguió. Cuando Barry salió del auto, vació la carga. Barry nunca tuvo la menor oportunidad.

Nos alejamos del cuerpo y los peritos forenses se desplegaron completamente. Se escuchó el clic de las cámaras, los videos empezaron a rodar y un dibujante esbozó una vista aérea de los detalles de la escena del crimen. Los técnicos buscaron y encontraron cartuchos, colocaron marcadores, tomaron más fotos y llevaron casquillos a la tienda de campaña.

Conklin dijo:

—¡Dios santo!

No lo había escuchado llegar, pero me dio tanto gusto verlo. Nos abrazamos sin soltarnos por un minuto. Luego nos quedamos parados en la luz blanca incandescente, mirando el cuerpo de Barry tumbado a nuestros pies. No podíamos quitar la mirada.

Rich dijo:

—Barry me dijo que cuando esto acabara, llevaría a sus hijos a la playa Myrtle. Tiene familia allá.

Yo dije:

—Me contó que llevaba toda su carrera esperando un caso como este. Me dijo que usaría su pisacorbatas de la suerte, que era de su abuelo.

—Kingfisher le puso precio a su cabeza. Tuvo que ser así. Quisiera poder preguntarle a Barry si vio quien le disparó.

Respondí con un movimiento de la cabeza.

Juntos subimos por las escaleras de ladrillo que llevaban a una casa blanca de madera con postigos negros, lo que quedaba de la vida familiar de los Schein como la conocían.

Y ahora, un par de policías hablarían con esta familia durante la peor hora de sus vidas.

CAPÍTULO 18

TOCAMOS EL TIMBRE, golpeamos la puerta y volvimos a tocar el timbre antes de que Melanie Schein, una mujer desconsolada de treinta y tantos años, nos abriera.

Miró hacia nosotros y habló con voz frenética e incrédula.

—¡Dios mío, Dios mío, esto no puede ser cierto! Íbamos a cenar pollo con papas, a Barry le gusta la carne dorada... tengo pay de helado... escogimos una película.

Richie nos presentó y le dijo cuánto lo sentíamos, que conocíamos a Barry, que éste era nuestro caso.

—Estamos devastados —dijo Richie.

Pero no creo que la esposa de Barry nos escuchara.

Le dio la espalda a la puerta y la seguimos hasta la aromática cocina y de ahí a la sala. Volteó a su alrededor para mirar sus cosas y se agachó para alinear las puntas de un par de pantuflas frente a una silla reclinable.

Le hice las preguntas que me sabía de memoria.

—¿Tiene cámara de seguridad?

Negó con la cabeza.

—¿Alguno de ustedes había recibido amenazas?

—¡Quiero ir con él! ¡Necesito estar con él!

—¿Alguien la amenazó a usted o a Barry, señora Schein?

Ella sacudió la cabeza. Las lágrimas salieron rápidamente de sus mejillas.

Hubiera querido darle algo, pero lo único que tenía eran reglas y lugares comunes y la promesa de encontrar al asesino de Barry, aunque era algo que no estaba segura de poder cumplir.

Se lo prometí de todos modos. Y luego dije:

—El Programa de Protección de Testigos llegará en unos cuantos minutos y los llevará a usted y a sus hijos a un lugar seguro. Pero primero, ¿podríamos hablar con Stevie sólo un minuto?

La señora Schein nos llevó por un pasillo cubierto con fotos de familia enmarcadas y colgadas en las paredes. Fotos de boda, de bebés, de una niñita montada en un poni, de Stevie con un enorme guante de beisbol.

Era casi imposible conciliar este calor de hogar con la verdad del cuerpo de Barry, aún tibio, tirado afuera en el frío. La señora Schein nos pidió que esperáramos, y cuando abrió la puerta de la alcoba, me fustigaron las luces rojas que centelleaban entre las cortinas. Un niñito estaba sentado en el suelo, empujando mecánicamente un camión de juguete de un lado a otro. ¿Qué entendía sobre lo que le había pasado a su papá? Yo no lograba olvidar que hace una hora, Barry estaba vivo.

Con el permiso de la señora Schein, Richie entró a la alcoba y se agachó junto al niño. Hablaba en voz suave, pero podíamos escuchar todas sus preguntas: "Stevie, ¿viste un coche, una camioneta o un vehículo de carga...? ¿Un coche? ¿Qué color de coche...? ¿Lo habías visto antes...? ¿Reconociste al hombre que disparó la pistola...? ¿Crees que lo puedas describir...? ¿Hay algo que me quieras contar? Soy de la policía, Stevie. Vine a ayudar.

Stevie volvió a decir:

—*Eh,* coche gris.

Conklin preguntó:

—¿Cuántas puertas, Stevie? Trata de imaginártelo.

Pero Stevie había terminado. Conklin abrió los brazos y Stevie se abrazó contra él y sollozó.

Le dije a la señora Schein que, por favor, nos llamara a cualquiera de los dos cuando lo necesitara.

Después de darle nuestras tarjetas, mi compañero y yo bajamos por los escalones hasta el infierno iluminado de halógeno frente a la hermosa casa.

En los últimos diez minutos la calle se había llenado de vecinos asustados, automovilistas frustrados y policías que controlaban el tránsito. La camioneta del médico forense estaba estacionada adentro de una zona acordonada de la calle.

La doctora Claire Washburn, médica legista en jefe y mi

amiga más querida, supervisaba el traslado del cuerpo de Barry Schein hacia la parte trasera de su camioneta.

Fui hacia ella y me tomó de las manos.

—Es una lástima. Ese hombre era tan talentoso. Quien lo hizo se aseguró por completo de que estuviera muerto —dijo Claire—. Qué desperdicio. ¿Estás bien, Lindsay?

—En realidad no.

Claire y yo nos pusimos de acuerdo para hablar más tarde. Se cerraron las puertas traseras de la camioneta forense y el vehículo arrancó. Yo estaba buscando a Conklin cuando un hombre enorme de cuerpo redondo, y a quien yo conocía muy bien, se agachó bajo la cinta y echó su sombra sobre la escena.

Leonard Parisi era el fiscal de distrito de San Francisco. No sólo era imponente físicamente, sino que era un fiscal con un largo récord de victorias en su carrera.

—Esto es... abominable —dijo Parisi.

—Una tragedia del carajo —dijo Conklin, y se le quebró la voz.

Dije:

—Lo siento tanto, Len. Estamos por ir a investigar. Quizás alguien vio algo. Tal vez alguna cámara capturó una placa de automóvil.

Parisi asintió.

—Voy a pedir una prórroga para el juicio —dijo—. Quedaré a cargo en lugar de Barry. Haré que Kingfisher desee estar muerto.

CAPÍTULO 19

HABÍA PASADO UNA SEMANA después de que asesinaran a Barry Schein, quince horas antes de que el juicio de Sierra estuviera programado para iniciar. No teníamos pistas y ningún sospechoso del asesinato, pero teníamos evidencia directa y convincente contra Sierra por los asesinatos de Lucille Stone y de Cameron Whittaker.

Teníamos un caso sólido. ¿Qué podría salir mal?

El Palacio de Justicia era la sede de las oficinas del fiscal de distrito y del médico forense, además de la cárcel del condado y la Corte Superior de la División Criminal. Por su seguridad y la nuestra, aquí se alojaba a Sierra y aquí mismo se le juzgaría.

Rich, Cindy, Yuki y yo estábamos sentadas en la fila de atrás de la sala del tribunal revestida de madera rubia y atiborrada de reporteros, amigos y parientes de las víctimas de Sierra y un puñado de estudiantes de Derecho que lograron entrar para ver el juicio de la década.

A las nueve de la mañana, trajeron a Sierra por la puerta trasera de la sala del tribunal. Un resuello colectivo casi absorbió todo el aire del recinto.

El Rey se había acicalado desde la última vez que lo vi: se rasuró bien y se cortó el cabello, se cambió el overol anaranjado por un saco deportivo gris, un par de pantalones recién planchados, una camisa azul y una corbata con estampado de *paisley*. Parecía un fino ciudadano, excepto por los cinco kilos de grilletes que le rodeaban los tobillos y muñecas, y que estaban enlazados a su cinturón.

Con un ruido metálico, se dirigió a la mesa de la defensa. Dos custodios le quitaron las esposas y tomaron asiento en la primera fila detrás del barandal, directamente detrás de Sierra y de su abogado, J. C. Fuentes.

Sierra le habló al oído a su abogado, y Fuentes negó con la cabeza furiosamente, con un aspecto muy parecido a un animal salvaje.

En la mesa de los abogados fiscales, al otro lado del pasillo, Perro Rojo Parisi y dos de sus asistentes representaban el lado del bien contra el mal. Parisi era demasiado corpulento como para vestirse con elegancia, pero su traje color azul marino y corbata a rayas le daban un aspecto serio y hacían resaltar su cabello castaño grueso.

Se veía formidable. Parecía listo para la batalla.

Yo estaba segura de ello. Kingfisher había encontrado la horma de su zapato. Y yo aposté por Perro Rojo.

CAPÍTULO 20

LAS MARIPOSAS EN EL ESTÓMAGO se alzaron en vuelo y revolotearon unas cuantas veces mientras el honorable Baron Crispin entraba a la sala del tribunal y el alguacil nos pedía a todos que nos pusiéramos de pie.

El juez Crispin había estudiado Derecho en Harvard, y se decía que era un candidato posible para la Suprema Corte de Estados Unidos. Yo sabía que era un juez con todas las de la ley, que no se andaba con tonterías. Una vez sentado, le echó un vistazo a su computadora portátil, intercambió unas cuantas palabras con el taquígrafo judicial y dio inicio a la sesión.

El juez dijo unas cuantas palabras sobre el comportamiento correcto e instruyó a los espectadores sobre lo que es inaceptable en la corte.

—Este no es un *reality show*, no habrá gritos ni aplausos. Deberán apagar los celulares, si suena un teléfono, el dueño de ese celular será expulsado de la sala. Y, por favor, esperen a los recesos para salir por cualquier razón. Si alguien estornuda, simplemente *imaginemos* que los demás están diciendo "salud".

Mientras el juez hablaba, yo miraba la nuca de Kingfisher. Sin advertencia y de golpe, el Rey se puso de pie. Su abogado le puso una mano en el brazo e hizo un intento fútil de obligarlo a sentarse.

Pero Kingfisher no se iba a detener.

Volteó la cabeza hacia el fiscal de distrito Parisi y gritó:

—Sufrirá una muerte terrible si este juicio procede, *Perro*, usted también, juez *Crispy*. Es una amenaza, una promesa y una sentencia de muerte.

El juez Crispin gritó a los custodios:

—Sáquenlo de aquí.

La voz de Parisi retumbó sobre los gritos y el pandemónium generalizado.

—Su Señoría, por favor, recluya al jurado.

Para entonces los custodios se habían marchado por la reja, pateando las sillas que estaban en su camino y esposando las muñecas de Sierra otra vez; después forzaron al acusado y lo llevaron a empellones al otro lado del estrado y lo sacaron por la puerta trasera.

También yo estaba de pie, y seguía a los custodios y a su prisionero por la puerta que conectaba con el corredor privado y los elevadores para los oficiales de la corte y el personal.

El abogado J.C. Fuentes me pisaba los talones.

La puerta se cerró detrás de nosotros. Sierra me vio y me dijo:

—También usted morirá, sargento Boxer. Usted es la siguiente en mi lista, no la he olvidado.

Grité a los guardias de Sierra:

—No permitan que hable con nadie, *con nadie*. ¿Entendido?

Yo estaba resoplando del temor y el estrés, pero me quedé con ellos mientras llevaban a Sierra caminando por el pasillo hacia los elevadores, manteniendo una distancia entre Sierra y su abogado. Una vez que Sierra y los guardias entraron al elevador, que se hubieran cerrado las puertas y que la aguja del dial se estuviera moviendo para arriba, volteé hacia Fuentes.

—Retírese de este caso.

—Debe estar bromeando.

—No podría hablar más en serio. Dígale a Crispin que Sierra amenazó su vida y le creerá. ¿Le parece factible? Lo arrestaré bajo sospecha de conspirar para asesinar a Barry Schein. Podría hacerlo de todos modos.

—No tiene que amenazarme. Estaré contento de alejarme de él, y mucho.

—No hay de qué —le dije—. Vayamos a hablar con el juez.

CAPÍTULO 21

LA OFICINA DEL JEFE de policía Warren Jacobi estaba en el quinto piso del Palacio de Justicia, en una esquina con vista a Bryant.

Jacobi y yo fuimos compañeros alguna vez, y durante los diez años que trabajamos juntos nos volvimos amigos de por vida. Lo habían envejecido las heridas de bala que recibió en el trabajo, y aunque tenía cincuenta y cinco parecía diez años mayor.

En este momento, su oficina estaba atiborrada de gente, con espacio sólo para estar de pie.

Brady, Parisi, Conklin, cada uno de los inspectores de homicidios, narcóticos y robos y yo estábamos parados, hombro con hombro, mientras se discutía la situación Kingfisher y se repartían las tareas.

Se escuchó un golpe firme a la puerta y entró el mayor Robert Caputo. Asintió hacia todos como saludo general y le pidió un informe al jefe.

Jacobi dijo:

—El jurado está recluido en la cárcel. Ahora estamos organizando escoltas de seguridad adicionales.

—¿Dentro de la misma cárcel? —preguntó Caputo.

—Tenemos un zona de celdas vacías en el piso seis —respondió Jacobi en referencia a la zona que quedó desocupada cuando se reubicó una sección de la cárcel de mujeres a la nueva sede en la calle Siete. Detalló el plan de traer colchones y artículos personales, todo calculado para no exponer al jurado a los medios ni a fugas accidentales de información.

—Establecimos un centro de mando en el vestíbulo, y cualquier cosa que entre o salga del sexto piso pasará por el detector de metal y será inspeccionada visualmente.

Jacobi explicó que el juez se había rehusado a que lo encerraran, pero que tenía seguridad las veinticuatro horas del día en su casa. Caputo le dio las gracias a Jacobi y salió del cuarto. Cuando terminó la junta, Brady me llamó aparte.

—Boxer, voy a poner dos autos en tu casa. Necesitamos saber dónde estás en todo momento. No quiero que operes por tu cuenta, ¿está bien?

—Está bien, Brady, pero...

—No me digas que te sabes cuidar. Sé inteligente.

Conklin y yo tomamos el primer turno en el sexto piso, y yo hice unas llamadas.

Cuando llegué a casa esa tarde, le pedí a mi escolta que me esperara.

Levanté a mi tibia y adormilada Julie de la cama y puse al tanto a la señora Rose sobre mi plan, mientras reuníamos juguetes y un bolso de viaje. Cuando mis guardaespaldas me dijeron que todo estaba despejado, volví a bajar con mi nena todavía adormilada en brazos. La señora Rose y yo la metimos en su silla para auto en el asiento de atrás. Martha pegó un brinco para seguirnos.

Los ayudantes del sheriff tomaron el lugar de nuestros policías de barrio y me escoltaron durante el largo viaje a la bahía Half Moon. Esperé a que me dijeran que todo estaba bien, y luego me estacioné en la entrada de la casa de mi hermana.

Dejé salir a Martha y con suavidad liberé a mi pequeña de su silla. La abracé para que despertara. Me puso las manos en el cabello y sonrió.

—¿Mami?

—Sí, cariño. ¿Descansaste bien?

Catherine salió a recibirme. Me rodeó con el brazo y nos acompañó a Julie y a mí dentro de su hermosa casa de playa cerca de la bahía. Ya había instalado la vieja cuna de sus hijas y, aunque tratamos de darle un buen sentido a esta reubicación al explicárselo a Julie, no se convenció. Podía pasar de sonrisas a protestas estratosféricas cuando no estaba feliz y eso hizo.

Tampoco yo la quería dejar.

Me volteé hacia Cat y dije:

—Le envié un mensaje de texto a Joe. Está disponible en cualquier momento que lo necesites. Dormirá en el sofá.

—Suena bien —dijo—. Me gusta tener a un hombre en casa. En especial uno con pistola.

—No te preocupes —dijimos ambas a la vez.

Nos reímos, nos abrazamos, nos dimos un beso. Luego tranquilicé a Julie y le dije a Martha que Cat estaría a cargo.

Tenía la mano en la pistola cuando salí de casa de Cat y me metí al auto. Mantuve contacto por radio con mi escolta y, con un auto delante y otro detrás, íbamos de nuevo por la costa hacia mi departamento en la calle Lake.

Agarraba el volante tan fuerte que me dolían las manos, pero era preferible a sentir que me temblaban. Me quedé mirando fijamente las luces traseras del auto frente al mío. Parecían los ojos rojos malevolentes de esos monstruos que ves en las películas de terror. Kingfisher era peor que todos ellos juntos.

Odiaba tenerle miedo.

Odiaba totalmente a ese hijo de perra.

CAPÍTULO 22

UNA HORA DESPUÉS de llegar a mi departamento oscuro y vacío, se iluminó el nombre de Joe en el identificador de llamadas.

Con el pulgar apreté el botón para responder y casi grité:

—¿Qué está pasando?

—Linds, tengo información para ti —dijo.

—¿Dónde estás?

—En la 280 Sur. Me llamó Cat: Julie está inconsolable. Sé que yo coincidí en que era seguro llevarla allá, pero, sinceramente, ¿no crees que habría tenido más sentido que hubiera ido yo y que me quedara con ustedes dos en Lake?

Me inundó una ira compleja y contradictoria.

Era cierto que habría sido más fácil, más ágil, que Joe llegara a nuestro departamento y durmiera en nuestro sofá en vez de ir con Cat. Era cierto que, junto con mi escolta, habríamos estado seguros justo aquí.

Pero no estaba lista para que Joe se mudara con nosotras

por unas cuantas noches... o las que fueran. Porque, además de mi ira justificable, yo todavía amaba a ese hombre en el que ya no confiaba completamente.

—Tuve que tomar una decisión rápida, Joe —espeté—. ¿Cuál es la información?

—Fuentes confiables dicen que hay agitación en la actividad pandillera mexicana de San Francisco.

—¿Podrías ser más específico?

—Oye, ¿podrías relajarte un poco?

—Está bien. Lo lamento —comenté, la línea quedó en silencio—: Joe. ¿Sigues ahí?

—Yo también lo lamento. No me agrada nada que tenga relación con ese sujeto. Supe que vinieron a la ciudad "élites asesinas" de Mala Sangre para cumplir las amenazas de Kingfisher. También se ha advertido actividad del cártel de Los Toros.

—¿Guerra de pandillas?

—Lo que te dije es todo lo que sé.

—Gracias, Joe. Maneja con cuidado. Llámame si Julie no se tranquiliza.

—Entendido —dijo Joe—. Ten cuidado.

Y se cortó la llamada.

Me quedé con el teléfono apretado contra el pecho por un buen rato. Luego le marqué a Jacobi.

CAPÍTULO 23

LA SIGUIENTE MAÑANA, miré desde la cima de los escalones hacia el Palacio de Justicia mientras cientos de personas entraban a trabajar, se formaban para pasar por los detectores de metal y cruzaban por el vestíbulo de mármol granate hasta el conjunto de elevadores.

Todos se veían preocupados.

Eso era inusual pero a la vez comprensible. La presencia de Kingfisher en el séptimo piso daba la sensación de que un meteoro de kriptonita hubiera perforado el techo y se hubiera quedado varado. Su presencia estaba succionando la energía de todos los que trabajaban ahí.

Entré, pasé por el detector de metal y luego caminé hacia las escaleras hasta la sala de juntas.

Brady había convocado a una reunión matutina especial relacionada a la información que me dio Joe. Se paró al frente de la oficina con la espalda hacia la puerta y con el televisor en silencio suspendido sobre su cabeza.

Había policías de todos los departamentos —del turno nocturno, de la tarde y el nuestro— apoyados en los bordes de los escritorios y recargados contra las paredes. Hasta había algunos a los que no reconocía de la estación del norte apretujados en el cuarto. Vi ayudantes del sheriff, policías motorizados, hombres y mujeres con y sin uniforme.

Brady dijo:

—Los llamé a todos porque podríamos presenciar una situación de emergencia en toda la ciudad.

Habló de la posibilidad de una guerra entre bandas de narcotraficantes y respondió preguntas sobre Mala Sangre y Kingfisher, y sobre los policías que habían sido asesinados por órdenes del Rey. Preguntaron sobre el juicio reprogramado que estaba por iniciar y otros asuntos prácticos, las listas de deberes, la cadena de mando.

Brady pecaba de honesto y directo. Tuve la sensación de que las respuestas que dio no fueron satisfactorias pero, con toda sinceridad, tampoco él tenía la menor idea de qué esperar.

Cuando terminó la junta, quienes trabajábamos en el turno diurno nos quedamos solos con nuestro teniente, que nos dijo:

—A los miembros del jurado les dio un ataque. No saben

qué está pasando, pero se pueden asomar por las ventanas y pueden ver a un montón de policías.

—El alcalde vendrá a hablar con ellos.

El alcalde era excelente en el manejo de las personas.

Yo estaba en el salón del sexto piso cuando el alcalde Caputo visitó a los miembros del jurado y les explicó que estaban llevando a cabo sus deberes cívicos.

—No sólo eso es relevante —dijo—. Este podría ser el trabajo más importante de toda su vida.

Esa tarde, uno de los miembros del jurado tuvo un paro cardiaco y tuvieron que desalojarlo. A un segundo miembro, que era el cuidador principal de uno de sus padres dependientes, se le excusó. A los suplentes, que también estaban en el encierro de emergencia del jurado, se les ascendió a miembros titulares.

Cuando me estaba preparando para empezar mi día de doce horas, Brady me contó que un ambicioso defensor, Jake Penney, había pasado los últimos cuatro días con Jorge Sierra y que estaba listo.

Nuevamente había iniciado la cuenta regresiva para el juicio de Sierra.

CAPÍTULO 24

ESTABA DORMIDA cuando Joe llamó.

La hora que marcaba mi teléfono era la medianoche, ocho horas antes de que el juicio comenzara.

—¿Qué pasa? —pregunté.

—Julie está bien. Se cayó el sitio web del departamento de policía de San Francisco. No hay luz en el Palacio de Justicia.

Encendí las noticias en la TV y vi el caos en la calle Bryant. Habían puesto barricadas. El Palacio de Justicia estaba tan oscuro que parecía un inmenso mausoleo.

Metí un café instantáneo al microondas y me senté con las piernas cruzadas en la silla de Joe, mirando la tele. A la una de la mañana se empezaron a ver llamas que saltaban en las puertas de vidrio frente a la intersección de Bryant con Boardman Place.

El reportero de una cadena televisiva le decía a la cámara:

—Chet, me informan que hubo una explosión en el vestíbulo.

No podía soportarlo más. Le envié un mensaje de texto a Brady. Estaba agobiado. Escribió: *Los cuerpos de seguridad se están reportando desde todas partes. No vengas, Boxer.*

Luego, tan repentinamente como se apagaron, las luces del Palacio se encendieron.

Mi computadora portátil estaba en la mesa de centro, y la encendí. Tecleé la dirección del sitio del departamento de policía de San Francisco, la estaba viendo cuando apareció un *banner* en nuestra propia página de inicio: *Esta fue una prueba.*

Estaba firmado: *Mala Sangre.*

El cártel de Kingfisher.

¿Esta había sido su prueba? ¿Para qué? ¿Para apagar nuestra videovigilancia? ¿Para enviar mensajes de amenaza? ¿Para inhabilitar nuestros candados electrónicos desde dentro? ¿Para introducir bombas al Palacio de Justicia?

Podría haber sido una amenaza risible si Kingfisher no hubiera matado a dos personas desde los confines de su celda sin ventanas. ¿Cómo había logrado eso? ¿Qué más podía hacer?

Llamé a Cat y me dijo:

—Lindsay, Julie está bien. Estaba en el país de los sueños cuando sonó el teléfono.

Escuché a Julie llorando y la voz de Joe en el fondo que decía:

—Bichito, aquí estoy.

—Lo siento, lo siento —dije—. Te llamo en la mañana. Gracias por todo, Cat.

Llamé a Jacobi. Su voz sonaba firme. Eso me agradó.

—Te iba a llamar en este momento —dijo—. La bomba estaba metida bajo el borde de la mesa de la recepción. Era pequeña, pero si hubiera estallado durante el día... —Tras una pausa, Jacobi habló de nuevo—: los sabuesos y el escuadrón de bombas revisarán el edificio. Se pospone el juicio hasta próximo aviso.

—Bien —dije, pero no me sentía conforme. Sentía como si pudiera ocurrir cualquier cosa, como si Kingfisher estuviera a cargo de todo.

Sonó mi intercomunicador. Era la una y media.

Cerrutti, mi guardia de seguridad designado, dijo:

—Sargento, está aquí la doctora Washburn.

Los ojos se me llenaron de lágrimas de alivio y nadie las pudo ver. Presioné el botón para dejar pasar a mi amiga.

CAPÍTULO 25

CLAIRE CRUZÓ EL UMBRAL, trayendo consigo esperanza, amor, calor y el aroma a té de rosas; puras cosas buenas.

—Me tengo que quedar a dormir aquí, Lindsay —dijo—. Fui manejando a la oficina, pero está cerrada, desde la calle hasta la puerta trasera del Palacio. Es demasiado tarde para manejar hasta mi casa.

La abracé. Necesitaba ese abrazo, y sentí que ella también. Le señalé la silla grande de Joe, la que tenía la mejor vista de la tele. En la pantalla había un reporte en vivo desde la calle Bryant.

El viento agitaba el cabello de la reportera, transformaba su mascada en un banderín y sacudía su micrófono.

Entrecerró los ojos al mirar la cámara y dijo:

—Recién realicé una llamada a la oficina del alcalde y puedo confirmar que no hay fatalidades por la bomba. El prisionero, Jorge Sierra, conocido también como Kingfisher, permanece encerrado en su celda. El alcalde también confirmó que se pospuso el juicio de Sierra hasta que le den el visto bueno al Palacio. Si usted trabaja en el número 850 de la calle Bryant, por favor revise nuestra página de internet para verificar si su oficina está abierta.

Cuando terminó el segmento, Claire me contó del caos afuera del Palacio de Justicia. No pudo llegar a su computadora y necesitaba ponerse en contacto con su personal.

Yuki llamó a las dos.

—¿Están viendo la televisión?

—Sí. ¿Está Brady contigo?

—No —dijo—. Pero hay tres patrullas afuera de nuestro edificio. Y tengo una pistola. Jamás había sucedido algo como esto durante un juicio en San Francisco. ¿Manifestantes? Sí. ¿Bombas? No.

Le pregunté:

—¿Conoces al nuevo abogado de Kingfisher?

—Jake Penney. No lo conozco, pero hay algo que sí sé de él: tiene los pantalones bien puestos.

Claire preparó una sopa con los sobrantes del refrigerador y sacó un panqué. Abrí una botella barata de Chardonnay frío. Claire se quitó los zapatos y se reclinó en la silla. Le di un par de calcetines y nos acomodamos para pasar una media noche de tele juntas.

Debo haberme quedado dormida durante algunos minutos, porque desperté con el zumbido de mi celular en el suelo junto al sofá.

¿Quién sería ahora? ¿Joe? ¿Cat? ¿Jacobi? —Sargento Boxer, habla Elena.

Me tomó un momento evocar el rostro de ese nombre. Era Elena, alias Maura Steele, la reacia esposa de Jorge Sierra.

Me incorporé de inmediato. ¿Habíamos pensado en protegerla a ella? *No*.

—¿Se encuentra bien?

—Perfectamente. Tengo una idea.

—La escucho —dije.

CAPÍTULO 26

CUANDO ME REUNÍ con Elena Sierra, me hizo saber que no quería tener nada que ver con su marido. Yo le había dado mi tarjeta, pero nunca había esperado nada de ella.

¿Qué le había hecho cambiar de parecer?

Escuché atentamente mientras ella exponía su plan, era brillante y simple. Yo le había hecho *esa misma* oferta a Sierra y había fracasado por completo cerrando el trato. Pero Kingfisher no me amaba a *mí*.

Ahora tenía razones para creer que Elena me ayudaría a ponerle fin a esta pesadilla.

Se organizó rápidamente una reunión entre Elena y su esposo. Al caer la siguiente tarde, nuestras cámaras ya estaban filmando una sección con barrotes reservada para los prisioneros y sus abogados.

Elena llevaba puesto un vestido tejido de vibrante tono morado con cinturón y botas de diseñador, y parecía la modelo de portada de alguna revista. Estaba sentada a la mesa frente a Sierra. Él vestía de naranja y estaba encadenado, así que no se podía levantar ni mover las manos. Se veía divertido.

Me quedé parada en una sala de observación con Conklin y Brady, mirando un video en vivo de la reunión, y escuché a Sierra sugerir varias cosas que hubiera querido hacer con ella. Era repulsivo, pero ella lo detuvo en seco diciendo:

—No vine aquí para tu placer, Jorge. Estoy tratando de ayudarte.

Sierra se inclinó hacia delante y dijo:

—Tú no me quieres ayudar. Sólo quieres dinero y poder. ¿Cómo lo sé? Porque yo soy quien te creó.

—Jorge. Sólo nos quedan unos cuantos minutos más. Te estoy ofreciendo la oportunidad de ver a tus hijos...

—¿Míos? No estoy tan seguro.

—Lo único que tienes que hacer es declararte culpable.

—¿Eso es todo? ¿En la nómina de quién estás, Elena? ¿Para quién trabajas, perra prostituta?

Elena se levantó y le dio una fuerte bofetada a su esposo en el rostro.

La dicha me recorrió el cuerpo. Casi podía sentir que me ardía la palma derecha, como si lo hubiera bofeteado yo misma.

El Rey se rió de su esposa, luego volteó la cabeza y gritó entre los barrotes:

—¡Llévenme a mi celda!

Aparecieron dos guardias y se llevaron al Rey. Cuando se fue, Elena miró hacia la cámara y se encogió de hombros. Se veía avergonzada, dijo:

—Perdí la paciencia.

Presioné el intercomunicador.

—Lo hiciste bien. Gracias, Elena.

—Vaya, qué estimulante fue eso —dijo Brady.

—Lo intentó —le dije a Brady—. No veo qué otra cosa podría hacer.

Volteé hacia Rich y dije:

—Llevémosla a casa.

CAPÍTULO 27

ELENA SIERRA SE HABÍA acurrucado en el asiento de atrás y se recargaba contra la ventanilla.

—Es infrahumano —dijo—. Mi padre me lo advirtió, pero yo tenía dieciocho años. Él era.... no recuerdo en qué demonios estaba pensando. Si acaso estaba pensando.

Hubo una larga pausa, como si tratara de recordar cuándo se había enamorado de Kingfisher.

—Voy a ir al juicio —dijo Elena—. Quiero ver su cara cuando lo declaren culpable, también mi papá pretende estar ahí.

Luego se quedó mirando en silencio por la ventanilla hasta que llegamos a su edificio de lujo en la calle California. Conklin acompañó a Elena al vestíbulo. Cuando volvió al auto, yo estaba tras el volante.

Encendí la radio del auto y estalló en una disonancia de chillidos y estática. Le di nuestras coordenadas a la central mientras salíamos de Nob Hill y avisé que nos dirigíamos de vuelta al Palacio de Justicia.

Justo a las seis y media llegamos a la calle Race. Estábamos atorados detrás de una camioneta de Fedex por varias cuadras, hasta que se pasó una luz ámbar en el semáforo y nos dejó desprevenidos en la roja.

Maldije, y el Ford gris que venía detrás de nosotros se movió hacia el carril contrario, impulsando las ruedas con fuerza a la derecha, el conductor frenó a seis metros de nuestra defensa delantera izquierda.

Grité:

—¿Qué demonios?

Pero antes de que saliera la palabra *demonios* de mi boca, Conklin ya había abierto la puerta y gritaba:

—*Sal del auto, ven conmigo.*

Le entendí.

Registré imágenes rápidas de los cuatro hombres del vehículo gris chocando contra nuestros faros. Uno llevaba una gorra tejida negra y una chamarra abultada, otro tenía chapa de oro en los dientes, el que venía atrás, del lado del conductor, sostenía un rifle AK-47, uno más llevaba una bufanda negra que le cubría la mitad del rostro y se agachó ocultándose de mi vista.

Me dejé caer abajo del tablero y me arrastré hacia el lado del conductor, deslizándome a la calle. Conklin y yo nos agachamos detrás de la rueda delantera derecha, usando el frente del auto como escudo. Los dos llevábamos armas semiautomáticas de alta capacidad, las cuales eran infernalmente incómodas de usar pero, ¡por Dios, qué contenta estaba de tenerlas!

Una carga de balas hizo agujeros en la puerta que unos segundos antes había estado a mi izquierda. El vidrio se agrietó y resquebrajó.

Levanté la cabeza durante una pausa en el fuego y, usando el cofre para apoyar la pistola, Conklin y yo nos abalanzamos con furia para devolver los disparos.

En ese momento vi que el tipo que tenía el AK-47 dejaba caer su arma. Le habíamos dado a su mano, a su arma, o ésta se le había resbalado entre los dedos. Cuando el tirador se agachó para atraparla, Conklin y yo disparamos hasta que el malnacido quedó abatido.

Durante un eterno minuto y medio estallaron maldiciones. Los disparos perforaron el acero, reventaron los escaparates de las tiendas detrás de nosotros y chocaron contra el extremo delantero de nuestro auto. Si estos hombres trabajaban para el Rey, no podían dejarnos escapar.

Conklin y yo nos levantábamos alternadamente atrás del auto sólo lo suficiente como para empuñar las pistolas y devolver el fuego, agachándonos mientras nuestros atacantes descargaban sobre nosotros una furia infernal.

Volvíamos a cargar y seguíamos disparando. Mi compañero

derribó al tipo de los dientes brillantes y, no estoy segura pero quizá, yo herí al de la bufanda.

La luz del samáforo cambió a verde.

Se reanudó el tránsito, y mientras algunos vehículos pasaban a toda velocidad, otros se resistían, bloqueando a los autos detrás de ellos y dejándolos en la línea de fuego.

Hubo un momento de calma entre los disparos y, cuando me asomé sobre nuestro auto, vi al conductor del Ford gris echándose en reversa, girando el volante hacia el tránsito, acelerando el motor y luego dando vuelta por la intersección de la calle N17.

Me puse en posición y vacié mi Glock contra la parte trasera del Ford, con la esperanza de darle al tanque de gas. Estalló un neumático, pero siguió en marcha. Bajé la mirada hacia los dos hombres muertos en la calle mientras Conklin pateaba sus pistolas a un lado y revisaba si llevaban identificación.

Me metí al auto, tomé el comunicador, grité el número de placa y me reporté con la central.

—Reporte de tiroteo. Dos hombres caídos. Enviar patrullas y autobús a Race esquina con la N17. Emitir alerta para un Ford gris cuatro puertas con ventanas destruidas y neumático derecho trasero pinchado, se dirige a alta velocidad hacia el este sobre Race. Placas de Nevada, número parcial Whiskey Cuatro Nueve.

En unos minutos encontraron el Ford vacío y con impactos

de bala, abandonado a unas cuantas cuadras, en la calle 17. Conklin y yo nos sentamos un rato en nuestra patrulla totalmente destrozada, escuchando el radio crepitar, mientras esperábamos que nos llevaran de vuelta al Palacio de Justicia. Sentía la mano derecha insensible y la ráfaga de la pistola todavía resonaba en mis huesos.

Sentí eso con alivio.

Le dije a Richie, como si él no lo supiera:

—Qué maldita suerte tenemos de estar vivos todavía.

CAPÍTULO 28

DOS HORAS DESPUÉS DEL TIROTEO, Conklin y yo supimos que el Ford era robado, las pistolas eran imposibles de rastrear. La única señal de identificación de los dos hombres muertos fueron sus tatuajes de Mala Sangre. Debe ser que los hombres de Kingfisher nos estaban siguiendo a nosotros o a Elena.

Entregamos nuestras pistolas y nos dirigimos directamente hasta McBain, un lugar común donde todos conocen tu nombre y, al mismo tiempo, parecido a la cantina de *Star Wars*. Estaba completamente repleto de policías, abogados, fiadores y una variedad de asistentes jurídicos y administradores. El partido de béisbol estaba a todo volumen en la tele y competía con alguna vieja melodía que provenía de la ancestral rocola Wurlitzer que había al fondo.

Rich y yo encontramos dos lugares en la barra, pedimos cerveza, brindamos mirando el retrato del capitán McBain que colgaba detrás de la barra y empezamos a beber. Teníamos que procesar la espeluznante balacera y no había mejor lugar que éste.

Conklin se sentó junto a mí, negando con la cabeza, probablemente con pensamientos parecidos a los míos, que eran tan vívidos que todavía podía escuchar el martilleo del plomo que perforaba el acero y ver los rostros de los pandilleros a los que acabábamos de "sacrificar como perros". Yo exudaba pólvora y miedo.

Seguíamos vivos no sólo por nuestra experiencia lidiando con hombres armados, o porque Conklin y yo trabajáramos tan bien juntos que éramos como las dos partes de un todo. Eso había ayudado pero, más que nada, estábamos vivos y bebiendo gracias al tipo al que se le había caído el AK-47, lo que nos había dado una ventaja de dos segundos.

Después de sorber la mitad de mi segunda cerveza, le dije a Conklin:

—No teníamos los chalecos puestos, ¡por el amor de Dios! Eso es muy injusto para Julie.

—Basta —dijo—, no me obligues a decir que tiene suerte de tenerte como mamá.

—De acuerdo.

—Están muertos dos pedazos de basura —dijo—. Nosotros lo hicimos, no nos sentiremos mal por eso.

—Ese tipo con el AK-47.

—Está en el infierno —dijo Rich— pateándose su propio trasero.

Oates, el cantinero, me preguntó si quería otra cerveza, pero negué con la cabeza y cubrí mi vaso. Justo entonces sentí un brazo sobre mis hombros. Me sobresalté. Brady estaba detrás de nosotros, puro cabello rubio y ojos azules, y tenía un brazo sobre Conklin también.

Me dio un apretón en el hombro, fue su modo de decir *Gracias, lo hicieron bien. Estoy orgulloso de ustedes.*

—Vayan a casa —dijo Brady—. Tengo sus armas nuevas y los llevaré a los dos.

—Sólo he tomado una cerveza —mintió Rich.

—Los llevaré a casa a *los dos* —repitió Brady.

Puso unos billetes en el bar. Malcolm, el borrachín sentado a mi izquierda, señaló mi cerveza y preguntó:

—¿Ya acabaste, Lindsay?

Le pasé mi vaso.

Eran las diez y cuarto cuando llegué a casa de Cat. Tomé una ducha de agua caliente, me lavé el cabello y me sequé hasta sacarme brillo. Martha puso la cabeza en mi regazo mientras yo comía pollo y fideos al estilo Gloria Rose. Estaba raspando el plato cuando sonó el teléfono.

—Supe lo que pasó hoy —dijo Joe.

—Sí, fue tan rápido. En dos minutos había sacado la pistola y había dos hombres muertos en la calle.

—Buen resultado. ¿Estás bien?

—Nunca mejor —dije, sonando un poco histérica a mis propios oídos. Estoy segura de que también Joe lo notó.

—Está bien. De acuerdo. ¿Necesitas algo?

—No, pero gracias por llamar.

Me acosté con Martha y Julie esa noche, con un brazo alrededor de cada una de mis chicas. Dormí y soñé con gusto, y todavía estaba abrazando a Julie cuando me levantó en la mañana.

Pestañeé para deshacerme de los sueños y recordé que Kingfisher enfrentaría al juez y al jurado hoy.

Me tenía que apurar para no llegar tarde al juzgado.

CAPÍTULO 29

CONKLIN Y YO ESTÁBAMOS en nuestros escritorios a las ocho, llenando los informes del incidente y mirando la hora.

El juicio de Kingfisher estaba programado para las nueve, ¿pero en realidad comenzaría? Pensé en el apagón que había ocurrido hace dos días, seguido por el estallido de la bomba y el mensaje amenazador que decía *Esta fue una prueba. Mala Sangre.* Y me pregunté si Kingfisher ya se había largado del Palacio de Justicia por la coladera de la regadera, al estilo del Chapo.

Su juicio había sido pospuesto tres veces hasta ahora, pero de todos modos me vestí para ir al juzgado. Llevaba puestos mis mejores pantalones color gris carbón, mi suéter de seda de cuello "v", un saco Ralph Lauren y mis zapatos Cole Haan de tacón bajo. Me brillaba el cabello y hasta me había puesto labial. *Eso es para usted, señor Kingfisher.*

Conklin acababa de tirar su vaso de café vacío en el bote de basura cuando el nombre de Len Parisi apareció en mi conmutador.

Le dije a Conklin:

—¿Ahora qué? —y agarré el teléfono.

Parisi dijo:

—Boxer, ¿tú y Conklin tienen un segundo?

—Claro. ¿Qué sucede?

—El abogado defensor está en mi oficina.

—Iremos en un momento—. Colgué y le dije a Conklin: —presiento que Sierra quiere cambiar su declaración y alegar demencia.

—¡Válgame Dios! —dijo.

Era una idea desalentadora. En el improbable caso de que encontraran culpable a Kingfisher por enfermedad mental o desviación, podrían internarlo y algún día liberarlo.

—No hay manera —dijo Conklin.

—¿Quieres apostar?

Conklin hurgó en su cartera y lanzó un dólar sobre el escritorio. Puse el mío encima y anclamos nuestra apuesta al escritorio con una engrapadora.

Luego nos dirigimos a las escaleras y caminamos a buen paso por el pasillo del segundo piso, antes de entrar al laberinto de cubículos que rodeaban la oficina del fiscal de distrito. La puerta estaba abierta. Parisi nos invitó a pasar con una señal.

Jake Penney, el nuevo abogado del Rey, estaba sentado en la

silla junto al enorme escritorio de Parisi. Tenía unos treinta y cinco años y era guapo de una manera perfecta, al estilo de *The Bachelor*, el *reality show*. Gracias a que Cindy lo investigó y me lo reportó, yo sabía que estaba al frente de un despacho de abogados de altos vuelos.

Kingfisher había contratado a uno de los mejores.

Conklin y yo tomamos el sofá frente a Parisi, y Penney inclinó su silla hacia nosotros.

Dijo:

—Quiero pedirle a mi cliente que acepte la oferta de Elena. Que cambie su declaración a culpable, luego vaya a una prisión de máxima seguridad a unas cuantas horas de la residencia de su esposa. Es una situación en la que todos salen ganando: le ahorra al pueblo el costo de un juicio, mantiene al señor Sierra en Estados Unidos sin pena de muerte y con la oportunidad de ver a sus hijos de vez en cuando; vale la pena intentarlo de nuevo.

Parisi nos dijo a Conklin y a mí:

—Estoy de acuerdo con esto, pero quería consultarlo con ustedes antes de darle el sí al señor Penney para ofrecerle el trato a Sierra.

Dije:

—¿Estarás con ellos, Len?

— Sí, absolutamente.

—El señor Penney deberá pasar por el detector de metal y acceder a una inspección antes y después de reunirse con él.

—¿Está de acuerdo, señor Penney?

—Por supuesto.

Había un reloj en la pared, su carátula era una ilustración hecha a mano de un bulldog rojo.

Eran las 8:21.

Si el abogado del Rey podía hacer el trato con su cliente, tenía que ser ahora o nunca.

CAPÍTULO 30

CONKLIN Y YO ESPERAMOS en la oficina de Parisi mientras la segunda manecilla pasaba por el rostro del bulldog y el tiempo avanzaba girando en la esfera.

¿Por qué tardaba tanto? ¿Había trato? ¿O no?

Ya estaba lista para subir al séptimo piso e interrumpir la conferencia, cuando Parisi y Penney entraron por la puerta.

—No lo toma —dijo Parisi. Fue a su closet y sacó su saco azul.

Penney dijo:

—Insiste en su inocencia. Quiere salir de la corte como hombre libre.

Me tomó toda mi fuerza de voluntad no poner los ojos en blanco y gritar: *Sí, claro. ¡Por supuesto que es inocente!*

Parisi se encogió de hombros para ponerse el saco, se apretó el nudo de la corbata y lanzó una mirada al reloj. Luego dijo:

—Le conté a Sierra sobre el ataque de los sicarios de Mala

Sangre. Le dije que si la violencia se detiene ahora y que si lo hallan culpable, veré que pase su condena en la prisión de su elección, en Pelican Bay. Dijo: "Está bien, estoy de acuerdo. No más violencia". Nos dimos la mano, si es que eso sirve de algo.

Pelican Bay era una cárcel de supermáxima seguridad en el condado de Del Norte, en el extremo noroeste de California, a unos veinticinco kilómetros al sur de la frontera con Oregón. Eran al menos seis horas y media en coche. La población carcelaria estaba compuesta por los criminales más violentos del estado y tenía la mayor cantidad de pandillas y asesinos tras sus muros. Ahí, el Rey se sentiría como en casa.

—Nos vemos en el juzgado —le dijo Parisi a Penney.

Los dos hombres se dieron la mano. Conklin y yo le deseamos suerte a Parisi y nos dirigimos al tribunal.

Kingfisher accedió a la seguridad de todos los involucrados en su proceso, pero al entrar a la sala de juicio, me sentí tan asustada como cuando desperté en la mañana con una pesadilla en la mente: un rifle AK-47 disparando entre las manos del Rey.

Que luego me había dado.

CAPÍTULO 31

EL DÍA DE KINGFISHER en la corte volvía a llegar.

Todos se levantaron cuando el juez Crispin, luciendo irritado por lo que prácticamente había sido un arresto domiciliario, tomó su lugar. El anfiteatro se sentó con un susurro colectivo, y el juez volvió a dictar sus reglas de comportamiento a un nuevo grupo de espectadores. Nadie pudo dudarlo cuando dijo: "Se lidiará con las irrupciones retirándolas inmediatamente de esta sala de tribunal."

Me senté en una fila de en medio entre dos desconocidos. Richie estaba sentado unas cuantas filas adelante a mi derecha. Elena Sierra estaba sentada detrás de la mesa de la defensa, donde tenía una buena vista de la nuca de su esposo. Un hombre de cabello cano estaba sentado junto a ella y le susurraba. Debía ser su padre.

Los miembros del jurado entraron a la tribuna e hicieron sus juramentos.

Había cinco mujeres y nueve hombres, incluyendo los suplentes. Era un grupo diverso de edades y etnias. Vi un rango de emociones en sus rostros: furia impasible, alivio, curiosidad y un alto nivel de agitación.

También yo sentí todas esas emociones.

Durante el discurso del juez a los miembros del jurado cada uno de ellos miró largamente al acusado. De hecho, era difícil alejar la mirada de Kingfisher. La última vez que estuvo a la mesa de la defensa, se había acicalado y parecía casi respetable. Hoy, el Rey estaba rasurado irregularmente y tenía salpicaduras de sangre en el cuello de la camisa, se veía mareado y sumiso.

A mi parecer, se veía como si hubiera usado todos sus trucos y no pudiera creer que realmente estaba en juicio. En contraste, Jack Penney, su abogado, vestía con elegancia su traje de raya diplomática. El fiscal del distrito Leonard Parisi se veía indomable.

Todos se levantaron para recitar el juramento a la bandera, y luego hubo un susurro prolongado mientras volvían a tomar sus lugares. Alguien tosió, un celular cayó con estrépito al suelo, Conklin giró la cabeza e intercambiamos miradas.

Kingfisher nos había amenazado desde el desagradable caso del año pasado... y *todavía* me perseguía en mis sueños. ¿Lo encontraría culpable el jurado de asesinar a Stone y a Whittaker? ¿Este monstruoso asesino pasaría el resto de su vida detrás de los altos muros revestidos de alambre de púas de la prisión estatal de Pelican Bay?

El alguacil pidió silencio, y el juez Crispin preguntó a Len Parisi si estaba listo para presentar su caso.

Sentí orgullo por ese hombre corpulento mientras caminaba hacia el estrado, casi podía sentir el suelo temblando. Le dio la bienvenida al jurado y les agradeció que hubieran soportado condiciones inusualmente difíciles en favor de la justicia.

Luego comenzó su alegato inicial.

CAPÍTULO 32

NUNCA ANTES HABÍA VISTO a Len Parisi presentar un caso al jurado. Era un hombre intimidante y poderoso. Como fiscal de distrito, era el responsable de investigar y llevar a juicio los crímenes de esta ciudad, y encabezaba tres divisiones: operaciones, servicios para las víctimas y operativos especiales.

Pero nunca fue más impresionante que ese día, tomando el puesto de nuestro amigo y colega asesinado, el asistente de fiscal de distrito Barry Schein. Parisi capturó la atención del jurado con su presencia y su intensidad, y luego habló:

—Damas y caballeros: el acusado, Jorge Sierra, es un asesino despiadado. En el transcurso de este juicio escucharán testimonios y verán evidencia en video del acusado matando a tiros a dos mujeres inocentes.

Parisi hizo una pausa, pero no creo que la hiciera por efecto. Me parecía que ahora estaba dentro del crimen, mirando fotos de los cuerpos sangrientos de las víctimas de la Bóveda. Se aclaró la garganta y volvió a empezar.

—Una de esas mujeres era Lucille Stone, de veintiocho años. Era mercadóloga, y durante un largo tiempo fue una de las novias del señor Sierra. No estaba armada cuando la asesinaron. Nunca usaba pistola y no le había hecho nada al señor Sierra. Pero, según las amigas de Lucy, ella había puesto fin a la relación de manera decisiva.

"Cameron Whittaker era amiga de Lucy. Era maestra sustituta y voluntaria en un banco de alimentos, y no tenía absolutamente nada que ver con el señor Sierra ni con sus socios. Fue lo que se llama daño colateral: estaba en el lugar equivocado en el momento equivocado.

Desvié la mirada hacia el jurado y noté que seguían completamente a Len. Éste caminó junto al barandal que separaba la tribuna del jurado del estrado en la sala. Dijo:

—Estas dos amigas estaban disfrutando de una salida a un club nocturno exclusivo, y estaban sentadas en el bar. Un minuto después, el acusado las mató a tiros, pensando que se saldría con la suya asesinándolas a la vista de ciento cincuenta personas, algunas de las cuales apuntaron sus celulares y tomaron videos incriminatorios de este clásico ejemplo de asesinato premeditado.

"Digo *premeditado* porque el tiroteo se concibió antes de la noche en cuestión, cuando Lucy Stone rechazó las insinuaciones del señor Sierra. Él la siguió, la encontró, se burló de ella y la amenazó; luego le tiró dos balazos en el cuerpo y varios más a su amiga.

"Lucy Stone no sabía que cuando se rehusó a abrirle la puerta a Sierra, él, de inmediato, planeó su venganza...

Parisi tenía las manos en el barandal cuando una explosión estalló por el aire dentro de la sala del tribunal.

Fue una explosión impactante, ensordecedora. Me lancé al suelo y me cubrí la nuca con las manos. Después se oyeron gritos. Las sillas crujieron al moverse hacia atrás y se tambalearon. Levanté la mirada y vi que había estallado una bomba atrás de mí, abriendo las puertas principales con una explosión.

El humo llenaba la sala del tribunal y oscurecía mi visión. Los espectadores entraron en pánico. Se amontonaron hacia delante, lejos del estallido y hacia el juez.

Alguien gritó:

—Su Señoría, ¿me escucha?

Escuché unos disparos que provenían del estrado; uno, luego dos más. Ya estaba de pie, pero los espectadores aterrados corrieron en dirección contraria al juez, hacia mí, por las puertas y rumbo al pasillo.

¿Quién había disparado? Las únicas pistolas que podrían haber pasado por el detector de metal al Palacio de Justicia pertenecían a los cuerpos de seguridad. ¿Le habían dado a alguien?

Mientras la sala se aclaraba y se levantaba el humo, evalué

los daños. Las puertas dobles principales se habían zafado de las bisagras, pero la destrucción era ligera. La bomba parecía ser más una distracción que una explosión contundente con la intención de asesinar, estropear o destruir la propiedad.

Un alguacil ayudó a Parisi a ponerse de pie. El juez Crispin se impulsó desde atrás de la banca para levantarse, y al jurado lo llevaron por la puerta lateral. Conklin se dirigió hacia mí mientras los últimos espectadores avanzaban por las puertas principales y los policías entraban corriendo.

—Los paramédicos están en camino —me dijo.

Fue ahí cuando vi que la mesa de la defensa, donde el Rey estaba sentado con su abogado, se había volcado. Penney miró alrededor y gritó:

—¡Ayuda! ¡Necesito ayuda!

Todavía me zumbaban los oídos por la explosión, pero me abrí paso entre las sillas volteadas hasta llegar a Kingfisher, quien estaba tirado de costado en un charco de sangre. Extendió la mano hacia mí.

—Estoy aquí —dije—, háblame.

Le habían disparado al Rey. Tenía un impacto irregular de bala en el hombro, la sangre borboteaba de su vientre y de una herida en la nuca. Había casquillos en el suelo.

Estaba adolorido y quizás estaba entrando en shock, pero estaba consciente.

Su voz sonó como un susurro a mis oídos ensordecidos, pero lo entendí, fuerte y claro.

—Elena hizo esto —dijo—. Elena, mi Elenita.

Luego su rostro se relajó, su mano cayó, se le cerraron los ojos y murió.

CAPÍTULO 33

EL FUNERAL DE JORGE Sierra se llevó a cabo en un cementerio católico en Crescent City, un pequeño pueblo cerca del océano en el noroeste de California, llamado así por la bahía en forma de luna creciente. Entre los siete mil quinientos habitantes registrados en el censo se incluía a los mil quinientos reclusos de la cercana prisión estatal de Pelican Bay.

Fue ironía o fue venganza, pero Elena escogió este lugar porque su esposo había pedido que lo encarcelaran en Pelican Bay, y ahora estaría a menos de ocho millas de ahí... para siempre.

El cementerio estaba prácticamente abandonado. El suelo estaba raso, sombrío, con varias lápidas viejas que habían sido derribadas por vándalos o por el clima. La capilla necesitaba pintura, y un poco más allá había un estacionamiento lleno de baches.

Varios autos negros, todos propiedad del gobierno, estaban

estacionados ahí, y una docena de agentes del FBI estaban parados en un perímetro alrededor de la tumba y junto a la capilla dentro del estacionamiento, con vista a la carretera.

Yo estaba con Conklin y Parisi. Hace tiempo, a mi compañero y a mí nos habían dicho que Sierra estaba muerto y enterrado. Esta vez me asomé al féretro: El Rey estaba frío y muerto, pero de todos modos quería ver que metieran el ataúd bajo el suelo.

Conklin había sufrido junto a mí cuando Sierra me había amenazado el año pasado y, aunque le hubiera hecho una jugarreta a la justicia, los dos estábamos aliviados de que hubiera terminado.

El FBI había enviado agentes al funeral para vigilar quién se aparecía. El asesinato del Rey, dentro de la sala del tribunal, era un misterio sin resolver. El humo y la oleada de gente habían bloqueado la vista de la cámara de la mesa de la defensa. A Elena Sierra y a su padre, Pedro Quintana, los habían interrogado por separado a doce horas del tiroteo y ambos dijeron que se habían tirado al suelo después de la explosión, con la mirada hacia abajo cuando oyeron los disparos. No habían visto nada.

O eso decían.

Los dos vinieron a despedir a Sierra, y Elena había traído a sus hijos para decirle adiós a su padre.

Elena lucía hermosa de negro. Javier, de ocho años, y Alexa, de seis, inclinaron las cabezas mientras el cura hablaba ante el ataúd cerrado de su padre, junto a la fosa. La pequeña lloró.

Analicé la escena.

Elena tenía muchas razones para querer que su marido estuviera muerto. Pero no tenía antecedentes tácticos nada que me convenciera que ella pudiera inclinarse sobre el barandal y dispararle a su esposo a quemarropa en la nuca.

Su padre, sin embargo, era otra historia.

Yo había investigado las bandas criminales mexicanas y me había enterado de que Pedro Quintana era el jefe retirado de Los Toros, la pandilla original que había encumbrado a Sierra y lo había entrenado transformándolo en el capo de las drogas más importante de todos.

Era un hecho conocido que Sierra se deshizo de Quintana después de separarse de Los Toros y de formar Mala Sangre, el cártel de narcotráfico y crimen más reciente y poderoso.

Tanto Elena como su padre tenían motivos para matar a Sierra, pero ¿cómo había logrado alguno de ellos llevarlo a cabo en plena audiencia pública?

Anoche le llamé a Joe para hacer una lluvia de ideas. A pesar del estado de nuestro matrimonio, Joe Molinari tenía suficientes antecedentes como agente en los servicios secretos de Estados Unidos, además de su experiencia como director adjunto de Seguridad Nacional.

Su teoría fue que cuando se apagó la electricidad en el Palacio de Justicia, habían colocado una carga explosiva contra las bisagras de las puertas de la sala del tribunal. Era probable que a uno de los cientos de miembros de seguridad que custodiaban esa noche el Palacio de Justicia se le hubiera pagado para montar la carga, y era posible que pasara desapercibido un bulto de explosivos plásticos.

También podrían haber infiltrado un paquete con una pistola pequeña, municiones y un detonador a control remoto, dejándolo donde sólo lo pudiera encontrar el asesino de Sierra. Incluso podrían habérselo pasado al asesino o asesinos la mañana del juicio.

¿Elena y su padre habían orquestado este acto perfecto? De ser así, me parecía que se saldrían con la suya.

Eso era lo que pensaba mientras estaba de pie junto a Conklin y Parisi en el cementerio estéril y barrido por el viento, mirando cómo bajaban el ataúd, mientras Elena arrojaba flores en la tumba. Cuando echaron la primera pala de tierra, los niños se aferraron a la falda de la mamá. El momento acabó cuando llegó una limusina por la rotonda y la familia de Elena se acercó y se subió.

Rich me dijo:

—Voy a aprovechar el viaje de regreso con Perro Rojo. ¿Te parece bien?

Le dije que sí. Nos dimos un abrazo de despedida.

Otro coche, un Mercedes viejo, dio la vuelta por la rotonda de piedra y césped muerto. Se detuvo frente a mí, abrí la puerta trasera y me acerqué a mi nena en su sillita para auto. Llevaba puesto un suéter rosa que combinaba con un gorrito, tejido por su linda nana. Le planté un gran beso a Julie y le di lo que solíamos llamar un *apapacho-pacho*.

Luego me subí al asiento delantero.

Joe iba manejando.

—¿Zoológico? —dijo.

—Zoooooo—respondió una voz desde atrás.

—Es unánime —dije—, al zoológico.

Joe me puso la mano en la nuca y me atrajo hacia él.

Hace mucho que no lo besaba, pero entonces lo besé.

Ya habría mucho tiempo para hablar después.

EPÍLOGO

CAPÍTULO 34

EL CHOFER DE LA LIMUSINA que llevaba de vuelta a Elena Sierra y a los niños después de haber ido de compras no se pudo estacionar en la entrada de su edificio. Había un auto familiar muy viejo detenido justo en frente al paso peatonal, y un hombre mayor ayudaba a su esposa a bajar del auto con su andadera. El portero salió corriendo para ayudar a la pareja de ancianos con su engorroso equipaje.

Elena le dijo al conductor:

—Déjanos aquí, Harlan, gracias. Nos vemos en la mañana.

Tras abrir las puertas para sí misma y para sus hijos, Elena tomó las dos bolsas de compras que le tendió su chofer y dijo:

—Las tengo, gracias.

Se cerraron las puertas con golpes sólidos, la limusina se alejó y los niños rodearon a su madre, pidiéndole dinero para comprar churros en la esquina.

Ella les dijo:

—No necesitamos churros, tenemos leche y galletas de granola.

Pero finalmente cedió, bajó las bolsas de compras, buscó un billete de cinco dólares en su bolso y se lo dio a Javier.

—Yo también quiero uno, por favor —dijo una voz detrás de su pequeño.

Elena levantó sus bolsas y, mientras se erguía, vio a dos hombres con chamarras abultadas —uno con una bufanda negra que le cubría la mitad del rostro y otro con una gorra tejida— cruzando la calle hacia ella.

Los reconoció como subalternos de Jorge y supo, sin la menor duda, que venían a matarla. Gracias a Dios, los niños iban corriendo y ya se habían alejado por la calle.

El que tenía la bufanda, Alejandro, le apuntó la pistola al portero y disparó. La pistola tenía un silenciador, y el sonido de la descarga fue tan suave que el anciano no escuchó y no entendía lo que había sucedido. Trató de atender al portero caído, mientras Elena le decía al sicario de la gorra:

—Aquí afuera no, por favor.

Invocando lo que le pudiera quedar todavía de estatus como viuda del Rey, Elena se dio la vuelta y entró al vestíbulo moderno y hermosamente amueblado, sintiendo el hormigueo en la espalda ante la expectativa de un balazo en la columna.

Pasó caminando junto a la joven pareja sentada en un pequeño sofá, junto al chico que le ponía la correa al perro, y presionó el botón del elevador. Las puertas se abrieron al instante y los dos hombres la siguieron. Se cerraron las puertas.

Elena se quedó parada en la parte de atrás con un hombre armado a su izquierda y el otro a su derecha. Se quedó mirando directamente al frente, pensando en los próximos minutos mientras el elevador ascendía, y luego timbraba al abrir directamente a su sala.

Esteban, el sicario con la gorra tejida, tenía las palabras *Mala Sangre* tatuadas en el costado del cuello. Dio un paso frente a ella al interior del departamento, y miró alrededor, a las antigüedades, los libros, las obras de arte de las paredes. Se dirigió a la ventana de vidrio que daba hacia la Pirámide Transamerica y la gran bahía.

—Hermosa vista, señora Sierra —dijo con voz retumbante—. Quizás ahora le gustaría mirar por la ventana. Sería lo más fácil.

—No lastimen a mis niños —dijo—. Son de Jorge, son su sangre.

Fue hacia la ventana y colocó las manos en el vidrio.

Escuchó que se abría una puerta dentro del departamento. Una voz familiar dijo con fuerza:

—Suelten las armas. Háganlo ahora.

Alejandro se dio la vuelta rápidamente, pero antes de que pudiera disparar, el padre de Elena lo derribó con un disparo a la garganta y dos más al pecho mientras caía.

Pedro Quintana se dirigió al hombre de la gorra, quien alzaba las manos sobre la cabeza:

—Esteban, híncate mientras decido qué hacer contigo.

Él obedeció, dejándose caer de rodillas y manteniendo las manos arriba mientras miraba al padre de Elena y le suplicaba en español:

—Pedro, por favor. Te conozco desde hace veinte años. Le puse tu nombre a mi hijo mayor. Fui leal, pero Jorge amenazó a mi familia, puedo demostrarlo. Elena, lo siento, *por favor*.

Elena rodeó al muerto, quien sangraba sobre la fina alfombra persa en la que le gustaba jugar a sus hijos, y tomó la pistola de la mano de su padre.

Le apuntó a Esteban y disparó contra su pecho. Mientras caía, se tocó la herida y gruñó:

—*Dios.*

Elena le disparó tres veces más.

Cuando los sicarios de su marido estaban muertos, Elena hizo unas llamadas:

Primero a Harlan para que recogiera a los niños de inmediato y los mantuviera en el auto.

—Papá te verá en la esquina en cinco minutos. Espéralo. Sigue sus instrucciones.

Luego llamó a la policía y dijo que les había disparado a dos intrusos que trataron de asesinarla.

Su padre extendió los brazos y Elena se acercó para que la abrazara. Él le dijo:

—Termina lo que empezamos. Ya es tuyo, Elena.

—Gracias, papá.

Se dirigió a la barra, sirvió dos tragos, y le dio un vaso a su padre.

Brindaron:

¡Que vivan Los Toros!

Su cártel estaría en la cumbre otra vez.

Así es como siempre debió ser.

SOBRE LOS AUTORES

JAMES PATTERSON ha escrito más *best sellers* y creado personajes de ficción más entrañables que cualquier novelista de la actualidad. Vive en Florida con su familia.

MAXINE PAETRO ha colaborado con James Patterson en la serie de El club contra el crimen y en la serie Private. Vive con su esposo en Nueva York.

¿HARRIET BLUE ES TAN BUENA DETECTIVE COMO LINDSAY BOXER?

Harriet Blue, la detective más decidida desde
Lindsay Boxer, no descansará hasta detener a un salvaje
asesino de estudiantes universitarias. Pero las nuevas
pistas apuntan a un depredador mucho más frío
de lo que jamás habría imaginado.

**Conoce a la detective Harriet Blue,
disponible en**

BOOKSHOTS

CAPÍTULO 1

SOY UNA EXPERIMENTADA CAZADORA de humanos. No es difícil, una vez que desentrañas su manera de pensar. La gente tiene visión túnel y se deja guiar por sus objetivos. Es bastante fácil acercarte a tu blanco cuando está relajado, siempre que no interfieras con sus metas ni te dejes ver hasta que estés listo para caerle encima. Ni siquiera necesitas mucho sigilo: a diferencia de los animales, los humanos nunca utilizan el sistema de alarma conformado por sus sentidos. Aunque el viento soplaba detrás de mí, Ben Hammond no me olió. No oyó mi respiración por encima del golpe sordo de sus botas contra el pavimento.

El objetivo de Hammond era su Honda Civic último modelo a la orilla del estacionamiento, así que eso era lo único que podía ver; no me vio doblar la esquina desde el muelle de carga ni seguirle el paso. Salió del centro comercial con las manos cargadas de bolsas de abarrotes que balanceaba a sus costados y atravesó el estacionamiento; en su mente, ya se estaba deslizando dentro del asiento del conductor y cerraba la puerta contra la noche sin luna.

Lo seguí con la cabeza agachada y la capucha bien ajustada para protegerme de las cámaras de seguridad que estaban dirigidas hacia los pocos autos que quedaban. Dejé que sacara las llaves de su bolsillo, y el tintineo cubrió el suave sonido de mis botas durante los últimos pasos entre mi presa y yo.

Acorté la distancia y ataqué.

CAPÍTULO 2

—¡CARAJO! —BEN HAMMOND se agarró la nuca, donde lo había golpeado, se dio la vuelta y se tambaleó contra el coche, dejando caer las bolsas. Dentro de alguna de ellas se quebró un vidrio. Se encogió de miedo, medio agazapado, en un intento de hacerse más pequeño. Subió las dos manos hacia arriba—: ¡Dios mío! ¿Qué hace?

—Levántese —gesticulé con impaciencia.

—Tome... mi... mi... cartera —tartamudeó—, no me lasti...

—No te gustan los ataques sorpresa, ¿verdad, Ben? Sabes lo efectivos que son.

Se dio cuenta de tres cosas muy rápidamente. Primero, que yo era mujer; segundo, que éste no era un asalto; tercero, que ya había oído mi voz antes.

El hombre se incorporó casi por completo y entrecerró los ojos hacia la oscuridad de mi capucha. La estiré para abajo y observé sus ojos pasear alrededor de la silueta de mi pelo corto contra las luces del centro comercial, mientras el terror de su rostro se disipaba lentamente.

—Yo... —se irguió y bajó los brazos— te conozco.

—Así es.

—Eres esa policía —apuntó un dedo incierto hacia mí y comenzó a agitarlo a medida que su confianza crecía, —eres la policía del juicio.

—Lo soy —dije—, la detective Harriet Blue, lista para darte tu merecido.

CAPÍTULO 3

ME OFENDIÓ UN POCO que Ben no se acordara de mi nombre con la velocidad que hubiera deseado. Pero le acababa de partir el cráneo, lo más probable es que la poca materia gris que tenía chapoteando por la cabeza necesitara tiempo para recuperarse. Yo había hecho todo lo posible para que estuviera consciente de mí mientras lo enjuiciaban por la violación de su exnovia, Molly. Cuando subí al estrado para testificar que la había encontrado tirada en el suelo de la regadera donde él la había dejado, lo miré directamente y dije mi nombre con claridad y calma.

El caso no era sólido. Ben fue muy artero al vengarse de su *ex* por haberlo dejado: la violó y la golpeó, pero usó todos sus encantos para entrar a su departamento sin forcejear, y primero compartió una copa de vino con ella para que pareciera que Molly estaba dispuesta a tener un encuentro sexual. Sentada en el estrado, mientras lo miraba fijamente, yo sabía que lo más probable era que, como la mayoría de los violadores, lo dejarían en libertad.

Pero eso no significaba que yo hubiera acabado con él.

—Esta es una agresión —Ben se tocó la nuca, notó la sangre en sus dedos y casi sonrió—. Vaya lío en el que te metiste, ¡perra estúpida!

—De hecho —deslicé mi pie hacia atrás— el que está metido en un gran lío eres *tú*.

Le di un par de ganchos agudos en el rostro y luego retrocedí, para darle un momento para sentirlos. Se levantó entre sus bolsas del súper y se abalanzó hacía mí dando puñetazos. Lo esquivé, le planté la rodilla en las costillas y lo derribé sobre el asfalto. Lancé una mirada a lo lejos, hacia el centro comercial. Los guardias de seguridad notarían una conmoción a la orilla de la cámara más lejana del estacionamiento y vendrían corriendo. Deduje que me quedaban segundos, no minutos.

—No puedes hacer esto —Hammond escupió sangre de su labio partido—. Eres...

Le di un rodillazo en las costillas, luego lo levanté antes de que pudiera llenar los pulmones de aire y lo golpeé contra el cofre del coche. Soy menuda, pero boxeo, así que sé cómo manejar a un oponente grande. Tomé un mechón de cabello de Ben y lo arrastré hacia la puerta del conductor.

—¡Eres policía! —aulló Hammond.

—Tienes razón —dije. Empezaba a distinguir a los dos

guardias de seguridad que salían a toda velocidad hacia el muelle de carga.

—Mi trabajo me permite el acceso a las alertas de crimen —dije—. Puedo marcar el archivo de cierta persona para que me notifiquen cada vez que la fichan, aunque no se haya comprobado el cargo original.

Agarré el cabello de Hammond, le di un par de golpes duros en la cabeza y luego lo tiré al suelo. Los guardias se estaban acercando más. Le pisé las bolas a Hammond, para asegurarme de tener toda su atención.

—Si alguna vez vuelvo a ver tu nombre en el sistema —le dije—, volveré. Y esta vez no seré tan dulce.

Me levanté la capucha y salí corriendo hacia los arbustos al costado del estacionamiento.

CAPÍTULO 4

NO SOY UNA JUSTICIERA, pero a veces no me queda otra opción más que arreglármelas por mi cuenta.

Llevaba cinco años trabajando en delitos sexuales y estaba cansada de ver a los depredadores salir impunes de las condenas. Cuando intimaba con alguna víctima, como lo hice con Molly Finch, me resultaba difícil dormir después de que exoneraran a su atacante. Había pasado semanas despierta, durante las noches, pensando en la expresión ufana de Hammond bajando por la escalinata del tribunal en la calle Goulburn, en la mueca que me hizo mientras se subía al taxi. Había logrado que lo condenaran por un cargo menor de agresión física. Pero no hubo manera de comprobar *más allá de cualquier duda razonable* que el sexo que Hammond tuvo esa noche con Molly no había sido consensual.

Así pasa a veces con las agresiones sexuales. El abogado usa todo a su disposición para dar la idea de que quizá la chica quería. No había evidencia física ni testigos que comprobaran lo contrario.

Bueno, pues ahora tampoco quedó evidencia de que no hubiera sido un asaltante desquiciado el que casi mata a Ben Hammond a golpes. Si acudía a la policía por lo que le hice, sabría cómo se siente que no te crean.

Pero no iría con la policía para decir que una mujer le había dado una paliza. Los tipos como él nunca lo hacían.

Empecé a girar los hombros mientras manejaba al otro lado de la ciudad, hacia Potts Point, soltando un suspiro largo y profundo mientras se aliviaba la tensión. De verdad anhelaba dormir un rato. Pasaba casi todas las noches en el gimnasio de mi barrio, golpeando sacos de boxeo para tratar de agotarme hasta obtener la saludable tranquilidad antes del sueño. Darle una tunda a Ben me había dado la misma deliciosa sensación de fatiga en los músculos; esperaba que durara.

En la gran intersección cerca de Kings Cross, un par de prostitutas se pavoneó por la calle frente a mi coche. Tenían la piel iluminada de rosa por el enorme letrero de neón de Coca-Cola que había en la esquina. Las calles todavía estaban húmedas por la fuerte tormenta de la noche anterior. Las alcantarillas estaban llenas de basura y de enormes hojas de higuera.

Sonó mi teléfono. Reconocí el número de mi jefe de comisaría.

—Hola, *Pops* —dije.

—Blue, apunta esta dirección —dijo el viejo—. Hay un cuerpo que quiero que veas.

BOOK**SHOTS**

Esta obra se imprimió y encuadernó
en el mes de octubre de 2017,
en los talleres de Impregráfica Digital, S.A. de C.V.,
Calle España 385, Col. San Nicolás Tolentino,
C.P. 09850, Iztapalapa, Ciudad de México.